富田豊子歌集

SUNAGOYA SHOBO

現代短歌文庫

砂子屋書房

富田豊子歌集☆目次

自撰歌集

解説

富田豊子歌集

『漂鳥』（全篇）

春

風の坂

風道は確と立ちをりうつそみのわが額打ち
てやがて外れゆく

首に巻く青きスカーフはためけりその上の
意図風になけれど

ぐいぐいと糸牽きてゐる少年の絵凧は今し
山上にあり

夕ぐれはせめて脊梁のばしゆく腕《かひな》に重き荷
袋下げて

兎抱く少年と逢ふ夕の坂見返り坂と呼べば
風吹く

夕暮れを野苺の花手にかかげ野仏のごと
童子《わらべ》らは来る

白玉の泪はありて人知れず春の落葉を深く
踏みゆく

病む友の臓が小さくなることを思ひあゆめ
ば細き夕坂

白蓮の花瓣のごとき軟骨が瓶に浮かびて在るガラス棚

天運のままなる開花緋の罌粟が微粒の粉をこぼす夜の卓

座標なき群星空にかがやく夜選ばれしごと友は逝きたり

送葬の帰り路にして二十ケの卵を買へり双掌危ふし

葬り処の風を背負ひて来し我か黒きコートをぬぐ夜の部屋

卵白をかきまぜてゐる朱の箸自が骨片を拾ふことなし

望郷はときにやさしくくるものか眉なき魚が皿に並びて

厨房の床に据ゑたる甕ひとつ胎《はら》のごときに麦味噌つめて

霞みたるたまゆら巷は遠世とも桃の花びらその闇に泛く

風吹けば風に逆ひゆく旅の目に小さくて緋寒桜は

延々と壁をめぐらす基地の内はや異国《ことくに》と思ふ地のいろ

見下ろしの池は烟りて千年の蓮のむらさきほつかりと咲く

嘆けとて還ることなき歳月を鉈振り下ろし人は黍刈る

麦　秋

白花を天にいただく泰山木夢の少しを遂げつつぞ咲く

残生を思へば寒し脳天にしらじらと降る卯月の桜

菜の花を刈り採りてゆく夫の背が亡父に似てゐる黄昏の畑

ほつほつと闇に紛るる紫木蓮かの背信の声も消えしや

夕ぐれの湖岸をゆけば葦辺より風湧くごとく鴨が翔び発つ

風の日にとほく見てゐる河原に暴動ならぬ火焔があがる

逢へばまた父は父たり手に添へて麦秋の道今年もあゆむ

帰るとも往くともつかぬ橋の上野の花下げて人はすぎゆく

鳥もまた孤となる刻か川幅の空間にして漂ひ翔べり

トラックに満載されし鶏卵のかすかうめくがごとき坂みち

側線にとまる列車の窓を拭く人あり雨のあときのこと

工房の五月の昼を籠に盛りてサフラン染めの糸束明し

晩春の雨を吸ひゐるダンボールどのあたりより崩れはじむる

愛憎の思ひの外の雨なれば蝙蝠傘が雫をこぼす

青銅の涙壺《るいこ》の二つ日常の我が身にありて五月も過ぎし

夕ぐれは流沙のごとくあるべしや汐吹く貝を真水に沈める

玉葱を半透明に炒めゆく厨房といふ死角にありて

みづからを苛むごとく一枚の月桂樹の葉が土鍋におどる

春山の木の芽・草の芽嚙む夕餉かたみにさびし生活といふは

曇日の空に対ひてなほひかる鏃のごとく麦の穂は立つ

花粉症の猫

明けゆくは紫陽花いろの今日の空歯を磨きゐる心は低し

地下出でて再び地下に入りゆける潮の落下のごとき群衆

花粉症の猫をいだきて東京の窓より見をり
春終る空

部品など取りはづしたるはがらかさ廃車置
場に降る春のあめ

一本の縄を路上に越えむとす吉運待ちてゐ
るかも知れず

雨に濡れ乾きゆくときゆくりなく写楽の貌
のごとき庭石

無造作に馬のかたちの靴篦《へら》を今日も使ひて
出でゆく夫が

みどり児の拳のごとき大蒜を網に入れゆく
夕ぐれの畑

もみ殻は堆《つか》のごとくに積まれゐて誰か小さ
き火をつけに来る

日暮れ坂のぼりてゆける自転車の荷籠に白
きキャベツの頭

蠛《ぬかが》の飛び交ふ樹下歩みゐて生動はげしきも
のを疎めり

唐黍をかじりてをれる少年のいまだ小さき
咽《のど》仏見ゆ

喪の服の着付けをなして得たる銭折りじわつきてわが掌《たな》の内

洗ひゐる真烏賊の足に吸盤といふものありてそのほの暗さ

泣きながら足袋のこはぜをとめてをりかの屈葬のかたちのままに

椅子盗りの椅子にはぐれてゐし日より幸運などの来ることのなし

精神を鼓舞するものは何と何動物園に猿の貌赤し

風のなか人の乗らざる回転の木馬は回る汚れて回る

秋かぜにのぼりつめたる噴水の苦しきものを吐くごとく落つ

実胡椒の一枝もちてバスを待つ男いづこの荒野にありし

昏れがたの窓に垂れゐる数条のネガが乾けり漆黒のまま

蜂蜜の凝結白きを舐めてゐる湿潤の舌いかにも甘し

窓を打つ風の乾きになほ乾く甕のなかなる
天日の塩

神棚に置きすてられて賢しらにひび割れて
ゆく大寒の餅

新造船青く塗られて陸《くが》の上神に手向けのご
とく鎮もる

枯れ草の立ちに埋もるる廃船に汐風が来て
泣くこともなし

誤字ひとつ夕べ埠頭の立て札に見出しもの
もくれてゆくらむ

堰堤に淡き亀裂の見えながらしめれる風の
中を歩めり

水際の菖蒲が風に光りつつ悦ぶごとく秀先
を揺らす

はるかなる島の沿岸球型の油槽が見ゆる春
のあけぼの

海峡

ヨーグルト夜明けの窓で飲んでゐる今より先のこと見ゆるなし

人間の声の虚実に相似つつ九官鳥の喉《のみど》は朱し

曇りたる春の硝子をぬぐひゐる素手やはらかに大空を拭く

影といふまがまがしきが従きてくる豆腐一丁下げゆく時も

掌《てのひら》にのせて豆腐を切りてゐる身央《みなか》ひそかに血の巡れるを

朽ちることこの娘にあるも信じ難し光る黒髪梳きてやりつつ

まぎれなくいかなる生も選びうる少女十六の灯を点しをり

系累の淋しきものを受け継ぎて娘はいつしかもわが丈を越ゆ

危ふさも煌めきとなる青年期娘が旅立ちの黄色のバッグ

列島は蕁あぢさゐも雨のなか回帰のごとき吾子との電話

わづか四分の国際電話に全神経かけても遠し吾子との距離は

セピア色に自転車の影曳きてゆくロスアンゼルスは夜靄湧くとき

海峡を越え来しことも哀しみのはじまりとして軒の燕ら

暗黒の明石海峡わたりゆく螢火ほどに島灯りたり

恍惚と落下してゆく蝶もあれ峡の吊橋かすかに揺るる

霧生るる分水嶺を越えてゆく鳥たちまちに漂ふごとし

言問はぬ樹木みてゆく五時間余わが感傷の淵がさはだつ

春彼岸風ふく原を歩みをり翼とならぬ腕を垂らして

草焼けばやかるる茅の未練にて黒き葉柄ひとすぢのこる

野焼してなほ残りたる枯れ草の神の褥のごとき明るさ

いかやうに描きても消ゆる未来図の目路の果てなる春の浮雲

わが病むはいづこの部分人体図植物図鑑見るごとくをり

夏

銃　口

甘藍は芯より腐る八月の一現象を恐れて棲みし

音たてて鯉が池面にたちあがるはかりがたしも魚の心は

昨日よりおく塵芥に濡れてゐる使ひ捨てたる水色のペン

押し黙り黒きネクタイしめてゐる夫のうしろの夏蟬の声

袖口のつれたるままに風に吊る昭和ひとけた夫のワイシャツ

坂上の家に棲み古り朝々を頭蓋にひびく山鳩の声

貫頭衣被ぶるごとくに夏の服かぶりてをればぼ僧のごとしも

うつすらと脂《あぶら》つきたる黒縁《ふち》の眼鏡のままに夫は熟睡《うまい》す

オーデコロン霧のごとくに振りかくるわがうつしみをしみて思ふとき

麻布の黄色のバッグに入れてゆく口紅・手帖・青き木もれ日

なにゆゑかわれにつきたる耳朶ふたつ風に晒して走る自転車

自転車は坂の半ばより押してゆくわれにかなしき塩吹峠

白々と身の塩も泛くまつぴる間黙して犬と坂のぼりをり

卓上のこぼれし塩をぬぐひをり生きてわが
噴く塩などあるを

ぎりぎりの命をかけて蜩のひとつ来てゐる
夕の珊瑚樹

臀《ゐしき》濃き南瓜を抱き立ち上がる畑草のなか切
なくなりて

きりわりし南瓜が笊に乾きゆく自滅の過程
みるごとき日々

純白に咲きたるゆりと見てをればわが胸に
向く白き銃口

「戦争と平和」第一章を写しゆく夜ふけて我
になほ仕事あり

ハムの耳

風あれば風をよろこぶシャツふくれ遊びの
ごとし種子播く人も

ゆく旅の原点としていちまいの水田に手植
ゑしてゐるところ

焼きすてし畑田にのこるまくわ瓜大き頭蓋
のごとく転がる

産むことも産まざることもいづれ風水子地
蔵と吹かれてをりぬ

石像に夕風吹けば石像の息づくごとし檪畑
に

少年の含羞のごときハムの耳截り落したる
俎の上

方形の朱の壺ひとつ卓の上わが骨充たすこ
とも幻

墓石に人の名刻む男ゐてなにに塗《まみ》れてゆく
生涯か

無力感しきりなるとき町筋は静脈いろにく
れてゆくなり

双の手に縋り来し掌もいまはなく風の夜市
に螢籠ならぶ

夏祭り夜店夜の灯にひかりつつ梟首のごと
き焼きりんご並ぶ

刺青の男がひとり夜祭りにゴムの風船ふく
らませをり

氷屋の棚に並べるシロップの苺のいろもわれを酔はしむ

数本の孔雀の抜羽さやさやといま帝王の紫はあり

人間の哀楽となき貌あげて夕ぐれ白きあぢさゐの花

かぞへ歌ひとつ歌へば夕暮るるなだるるごとき夕顔の白

両の掌にやさしくつつむ初螢放つひかりのほの温《ぬ》くかりし

手に触れて雫のごとくおちてゆく螢火ひとつ風に光りし

あすのことはあすのままにまにわが庭の雨のあぢさゐ風の螢火

牛乳の紙のパックを手につぶす紙のカップはいかにもはかな

うす青き眼鏡のうちに千年の雪も積めりと仰ぐ立山

千年ののちを思はばいかならむ墓石乾く八月の風

うすき影

夕立の過ぎたるあとに風たてば一果かかげて秋は来にけり

村なかの何処へゆけどたちばなの花の匂ひのやむことはなし

夏空の贄のひとつかうす紅の夾竹桃は長く咲きゐる

家ひとつ隠るるごとき一本の夾竹桃の揺れやまぬなり

行商の箒を枕に媼五人なつめ花咲く樹下に憩ふ

夏草の茂る山道いつか見しかんかん石は何処にありや

竹笹を揺らして蛇の這ひゆけり現実《うつつ》の黒を甃に刻みて

はばたきて黒鳥一羽翔び発てり水平にして意志あるごとく

鰯雲泛びし空に近づきて現身ひとつ今日の坂越ゆ

はまゆふの花しべ白く噴きてゐる天領たりし島の暦日

残光は干潟にありてぬめぬめと一村一樹うすき影曳く

海鳥をしばし憩はせ流木は涅槃のごとく干潟に乾く

あぢさゐの花咲く海辺魚採りの網を担ぎて男が通る

深海に魚墓《つか》といふものあらむ眼下の波に海月《くらげ》ただよふ

海よりの風ふた別る突堤にともに吹かれし蝶も去りたり

夕光はこがねとなりて海上に長くしづけき道となりをり

はればれと神の快楽のごときかな今日海の上のながき夕映

川の面に白き網打つ少年の網にとらるる夜の星群

川口に翳けたる月の消えのこり仏のごとき石のしづけさ

戸硝子を打ちてやまざるゆふぐれの風の先端の形思へり

黄葉浄土

夏の蚕《こ》は潮《うしほ》のごとく生るる日か桑一畑がましろにひかる

桑の葉の光る農道辿りゆくもはや蚕棚もあらぬわが家に

雨よけて橋下草生に佇ちたればしきり流民の風が吹くなり

西へ急《せ》き流るる野川に青き菜の帰命とおもひ石橋わたる

はればれと沃野にひびく鶏のこゑ姑がゐませる麦秋の村

苗代の土を篩《ふるひ》にかけてある家継ぎし義兄《あに》われにもやさし

早苗饗の魚を炒きゐる厨房ゆいまだ見えゐて人は田植す

耐へて来し一生は思ゆ父の背に籠いつぱいの桑の葉ひかる

炎天をわれに先だつ老い父の麦藁帽子深くかぶりて

ねこだにし腰をおろして遠空を仰ぐ一間先にて姑も

遠目にも照り陰りして流るるは天《あめ》を離りしひとひらの雲

うす蒼き夕べの丘に佇ちつくす牛ひとつ見ゆ尾をふるが見ゆ

夕光る道のかなたに照りながら風に撓める篁が見ゆ

ながき世を継ぎ来しもののひとつかと花の終りし藤に倚りゆく

石塀の根元に生ひし蒲公英の柔毛ほどくる風のまにまに

開け放つ朝の窓のたどきなしゆらりゆらりと黒揚羽来し

真昼間を寡黙にありしわが家族《うから》棚より匙の落つる音ひとつ

人ひとり埋まりしごとし置かれたるじゆうたんの上の麦わら帽子

日の暮れは死者の来たりて潜むらし大甕三個背戸にころがる

夕立を斜めにうけて腹白き蛙一群農道わたる

ドラム缶の縁《へり》にそこばく溜りゐる雨水を時に風が吹きゆく

逝く夏の余燼のごとき蟬の声日傘かたむけ坂のぼりゆく

この夏の汚点《しみ》そのままに紗の着物秋立つ夕の風に吊るせり

さるすべりの葉がつぎつぎに散りてゆく黄葉浄土ありと見るまで

辛酸の菅

あら塩を摑み振り込む厨事《くりやごと》叛意あらはにわれの歳月

喚《わめ》くごと立つ荒草と根元よりひと思ひにて刈りとりてゆく

中傷といふが世にあり炊き込みし人参ほつほつまじりて朱し

人ひとり埋《う》めしところか乾きゐる朽葉の上を踏みて歩めば

孵りたる子蜘蛛微塵の光れるを誰がよろこぶといふにもあらず

野薊に刺されし指を漱ぎをりひとつ言葉に心かかはる

おのづから思ひもつきて椅子を立ち米三合を洗ひはじむる

くり返す水仕といふもあやしまず米を充たして鍋はさはだつ

一握《ひとつか》の干し筍をもどしたる桶のなかにて濁れり水は

鬱積は夕べあれどもさはさはと洗ひあげたる青き葱束

今日三度《みたび》菜切り包丁持ちて立つあはれ甲斐なきわれと思ふに

小鰈の白き胞子《はららご》食ひつくすわれのうちなる
辛酸の管

白桃の朱のうす皮はがしつつ夫居て子が在
るそれだけのこと

思慮さへもうすれはじむる地下街に冷えし
牛乳咽喉《のみど》をくだる

たまさかに乗りたる電車胸に下ぐる琥珀の
石がかすかに揺らぐ

吊革に縋り揺られてゐる人の時過《さだ》ぎたりし
頸筋《くびすぢ》が見ゆ

忽ちに雨の匂ひとなりてゆくバスを降りた
る現し身われの

一枚の布にかくれて街中を用あればゆく小
雨降るなか

自らの闇負ふごとく蝙蝠傘《かうもり》をかかげし男裸
階降りくる

新しき何に賭けむとするわれか弦引きしぼ
る心をもちて

真昼間にタンクローラーの片腹より音なき
ガスの注入さるる

とばされし帽子を拾ふ甃《いしみち》に夏の日なかのタールが匂ふ

歩幅広く歩み来たりし測量士踏みしだくなり一夏の草を

垂直に塀をのぼりてのぼり得ず黒蛇ひかりて側溝に消ゆ

旱天のとほくを越えて来し鳥か鵯もはげしき息を吐きをり

天井にひとつ吊られて昨日より今日寂けかる黒き自転車

口紅のワインカラー選びゐてわれに九月の生活はじまる

群衆の黄昏いろのひとつかと荷を持ち変へて駅に入りゆく

充足か疲れか知らず灯の下に汗の沁みたる夏足袋をぬぐ

秋

岬

草莽の思ひしきりに湧く日にて時無大根引く夕まぐれ

野葡萄のむらさき深むころあひか秋の光の響くがごとし

某国の金持が来て日本の耀《ひか》る霊柩車買ひてゆきたり

たてかけし穀もろともに乾きつつ黒粒の種子こぼす胡麻束

熊蜂《くまんばち》の空巣を軒に吊り下ぐる一聚落も一慣習も

一房の葡萄を水に放つときわが望郷の思ひとけゆく

遠々に日の入るところ血の色の雲曳く下にふるさとはある

夕映えの彼方を指してふるさとをこほしむときにわが掌は岬

いづかたの岬を越えてゆく鳥か落日の町すみやかに翔ぶ

電柱の高きにありて身を反らす工夫が黒き鳥のごと見ゆ

秋天に入りゆくごとし自転車のサドルに高く秋の橋越ゆ

自転車を押しつつのぼる細き坂桑畑越えて楽章流る

いくたびかふたつ目にくる蠛《まくなぎ》をうちはらひつつ自転車のわれ

夕ぐれはあざみ色にてうつしみのひとつ闇濃くペダル踏みゆく

紫に菊が咲きゐるひとところ父祖の畑は海より低し

時おきてよりくる波が岩礁の裾にあげゐるやさしみの声

尾頭《をかしら》をつけて残りし魚の骨いたく清らにある皿の上

くれなゐの胞子《はららご》皿につぶしをり幾千万の惨を重ねて

炊きあげし蟹の甲羅のあかね色かく美しき色にて終る

いまはわれ人なる暗き口開けて蟹の節足ほきほきと喰ふ

海の辺に母の残世も見つくさむ姫ひまはりは遅れて咲けり

死に急ぐ者にはあらぬわが影をふたたび蝶のよぎる突堤

天蓋花つづく川土手通りきて黄櫨《はぜのき》峠越ゆるうつそみ

いささかの仕事を持ちてゆく歩道風に献じて落葉がとべり

外灯の光の中に逡巡の靄が動けり舗道に低く

湿りたる粗塩掬ふ壺のなか湖底のごとき夕暮はあり

0《ゼロ》地点

あるときのわが意志よりも確かなる土手のすすきの穂絮はとべり

黄昏の田園のみちしばらくは雁の遙けき渡りを送る

あかまんま茂れる土手を砦とし老母棲める村も秋さぶ

吾が影を拾ふごとゆく長き坂のぼりつめれば野の夕茜

踏面に沿ひて揺れゐる赤まんま望郷ひとつ越えてゆくなり

野の涯に枯れて老いゆく母の村尾花が穂先風に揺れゐる

屋根の上に飯を干したる家ありてなほつくづくと日は照りてをり

日もすがら絮を吐きゆく穂芒の乾きて白き起伏がみゆる

草深く刈り込みて来しこぼれ刃の新月の鎌壁に吊るせり

しろがねの朝くれなゐの夕ぬばたまの夜の狭間の唐黍畑

ひび割れしバックミラーに写りたるいづこの貌ぞ振り向けば鬼

川岸に時は経りゆく蒲公英の柔毛光れり昨日より今日

0《ゼロ》地点を指示せる文字草群のここよりわれの残生あゆむ

町の橋渡りてゆけば天涯に発ちて帰らぬ雁の一列

ひたひたと暗渠をぬけて来し水と橋を渡りて思ひいでたり

夜の河白く音なく茫々と他界へつづく道あるごとし

憎しみのひとつ重たく鬼灯の朱の袋が壺より垂るる

羽根ふるふ白蛾ひとつの終りさへ見過しがたくをりし夜半に

天秋

天は白く秋となりゆく地の階に沖塩鰯塩噴くを買ふ

晩秋の風に吹かれて永遠にあゆみ去ることありや人にも

一列に空の高処を今しゆく天餌足りたるのちの渡りか

黄昏の時空はありていまはただ最終便に乗り込みてをり

吹き抜けの廃墟に見ゆる空青しいまはいかなる言葉もあるな

音たてて秋草川の水を飲む犬にもさびしき舌の根があり

わが犬のジャック二世を逝かしめてこの秋天に響くものなし

ひとつ軀を風に吹かれて越えてゆくわさび峠は山葵《わさび》の緑

転がれるパッションフルーツの傷口が濃くなりゆく昨日より今日

紅《くれなゐ》に膚《はだへ》怒りて何を泣く生後八日の生きの命は

粉ミルク小匙平に計りゐるいま月並な修羅など来るな

人間の貌を曝して夕ぐれの腸詰ひさぐ店先を過ぐ

魚屋の前の打水越えてゆく明日測るなき歩調をもちて

サバンナの風も匂はぬ獣園に走れることをやめしライオン

洗車機のなかにしぶけるものは何金鶏の羽のごときが震ふ

首のべて草食む麒麟しばしばも黒き舌端見えつつぞ食む

生き惑ふ貌をさらしてゆく街に木の葉のやうなビラくばりくる

漂　鳥

幽閉のわが身ならねど易易と昇降機にて運ばれてゆく

側溝の蓋のつぎ目をまたぐとき秋の夕べの闇は動けり

男ひとり闇の洞《ほら》より現はれて夜間工事の杭打ちはじむ

ねじれたる吸殻道に踏みしより背後さびしき闇ばかりなる

発信の信号を待つ一群を見てをりたれもかれも阿羅漢

一束の白首大根さげ持ちて月下を踏めば太古の貌か

真昼間の画廊の壁に嵌められて口が笑ひて目が泣くピエロ

湿りたるマッチを擦りて火を点す小さく赤き葬り火が見ゆ

額ひとつ抱へてあゆむ街角に身かくすほどの夕闇は来る

死に人の噂ききゐる坂の上あたたかき卵抱へゐてわれ

一碗の白飯柩に入れてをり死者が旅ゆく沃地もあるか

なきがらを埋めつくしたる平明の菊の花首匂ふ柩に

かなしみも儀式となりし喪の家にてつめたく匂ふ夜半の白百合

しなやかに糸吐きゐたる晩秋蚕裸灯の下に繭籠《こ》もりたり

噛みあてし胡椒の粒が舌先を烈火となりて彼の日のごとし

一枚の白紙ふとも薄刃なり吾の小指をやすやすと切る

角瓶の首まで満つるくれなゐの果実酒を置き酔ふこともなし

深ぶかと葉群動かし秋風の離るるときに桐一葉落つ

風化またかなしき行ぞ石仏の左の耳が岩に落ちゐる

ひしめきて運ばれてゆく豚の群秋の黒土脚にも付けて

秋光をおびて牡牛が積まれゆく土塀のごとき体腹見せて

天辺に芥のごとく残りゐる朱色の柿も村里の貧

晩秋の風に光りてとぶ落葉漂鳥のごと人家を越ゆる

日の暮の刈畑焼けば奔り火の短きがとぶ風のまにまに

寡黙なることをひとつの意志としてゆけば畑田に野火がゆらめく

遠　野

酒造名の入りたる煙突高々と汚名のごとき見上げて歩む

列島に花コスモスの揺れやまず生活のめぐり刻は先だつ

水際《ぎは》にコスモス細く茂りゆくゆるぎなく来るわが秋のため

振り向かず先をゆく子に従《つ》きてゆく傘のなかなるかそかわが血が

嫁入りの簞笥の底に捨てかねし実験白衣も色変りけり

一粒の麦とは誰か血縁のみどり児に今宵「美穂」と名が付く

折りふしのはげましとして窓近く天に向きたる枇杷の花みゆ

紺色のエプロンの紐結びゆく主婦なるわれの現実もまた

いくほどの愛の形象《かたち》か滴するみどりのシャツを虚空に吊るす

酢に味噌をかきまぜてゐる夕ぐれは水霊などもも厨にくるか

人蔘を花紋のごとく切り揃へゆめ献身の双掌といはず

平安の日々の脆さといふなかれ夕餉の皿はかすかに響《な》れり

壺中より塩ひとつかみとりいだすわが掌《てのひら》を浄しと思ふ

弔を人が告げ来し夕べにて塩噴く鯖の頭を落とす

ふと見ゆる死者などありて一束の水したたらす白菊を買ふ

告別の匂ひを放つ卓上のざぼんひとつがみづみづとあり

肉厚き生茸厨に煮込みつつ遠野を渡る野分聞きをり

しづかなる夜更けの道を犬の啼く声をまねびて男が過ぎる

冬

梅の核

くもりたる天の片処にほのかなる井水と見えて冬の日輪

はるかなる朝空の下さわさわと何に帰依して冬鳥わたる

無花果は淋しき花よ実の中に微粒の花をつけつつ熟るる

逝く季の掟淋しくわが庭に朽ち葉はひそと土を埋めゆく

いつよりかひびわれてゐる大甕を棺打つがに風渡りゆく

伏せられし素焼きの甕が庭隈に過去世のものをかくしてしづか

残光ももはやおよばぬ冬土に棗は黒く棘たてて立つ

日輪はこの列島を照らしつつ白梅《うめ》の小さき核にも及ぶ

花には花の闇をいだきてつぶつぶと淡紅梅のふくらみはじむ

梅が枝に仏飯ほどの雪のりて朝の光に雫をこぼす

生真面目な文字を列ねて青年の封書が届く梅の樹の下

塩は壺に液化してゆく厨房に小さく動くわれの影あり

わが眉も唇も暗く揺れてをり桶の中なる寒の水澄む

ふかぶかと水甕の餅拾ふとぞま昼ま水の闇動くなり

はらわたを抜きたるあとの真鰯の身の偏平に水を打ちをり

菜の花の花芽も喰みしうつしみの苦にがしきを夕べは漱ぐ

指先に乾く胡椒をつぶしたり遠野を奔る風音きこゆ

わが生きの構図はときにずれながら葱匂ふ掌を湯舟に浸す

朽ち果つるものの一つか夜の灯をうけて木椅子の象《かたち》定まる

うす青く霜は菜畑に発光す夜明けの葱を摘まむと来れば

菜畑に斎《いはひ》のごとく霜置けり霜折れの葱くきくきと摘む

湿りたる黒土の闇に冬越しの掌《てのひら》型の生姜を埋む

壁ぎはの鏡の縁《へり》をゆつくりと今日の夕日の消えてゆくなり

夕餉の箸落せしままに逝きたりといまはの際《きは》を知らせ来たりぬ

枇杷のはな噴き上げて咲く漁夫の村離郷者われを迎えむとして

川　波

あらあらと潮引きてゆく潟の上海の胸部のごとき波型

潮泡の生れつつ波はひきてゆくかかる退路もありと見てゆく

祖母《おほはは》の帰りたかりしふるさとの有明の海鷗群れをり

冬牡蠣をてぼにかかへて傴ゆく貌見えざれば母のごとしも

牡蠣殻のつきたる海苔竹あまた立つ泪ぐましきものが見えくる

霧いでし海より生るる詩《うた》もあれ弦ふるごとく海苔篊はたつ

海苔篊のあはひつぎつぎ発ちてゆく鳥も音符のごとくわが海

廃船もともに軋みて夕ぐれの港湾しづかに生動はじむ

港湾の波にうかべる鷗の目今のわが軀を曝して歩む

碇泊の閑けき朝の甲板にあそぶ幼な子米磨ぐ女

甃《いしみち》の濡れたる上をゴム長の人わたりくる朝の魚市

砂の上独楽をまはして余念なき童児よ海へ出るのはいつか

のれんの端はさみたるまま硝子戸を閉ざす食堂一軒がある

突堤は運命線のごとく切れ夕目に見えて寂しかりけり

響きつつ海に落ちゆく川波の果ての平明見ることもなし

夕ぐれの海の淋しさひとすぢの船待つ焚き火炎あげゐる

長かりし護岸工事も終る日か媼三人が川塘を掃く

満潮の波ふくよかにのぼり来て村の橋下を越ゆる夕ぐれ

民話などひとつだになき村の露地夕べ山風の吹き抜けてゆく

斑　雪

荒縄を曳きて中洲にぬきたちし碇もさびて十字を組めり

窓白く翳り翔び交ふ鷗らよ術後二十日《はつか》の義弟が帰る

新しき柩のごとき舟つみてクレーン車が止まる岩壁のふち

鷗には鷗のあそびあるらしき干潟を走る脚を交はして

目陰すれば茜に染みし掌の中にいまし一艘の舟が入りくる

鰐洞の低き海村過ぎてゆくかの内科医もいまは老いしか

海岸に磔刑のごと棲む家をもるる叫びも交じる海響り

潮に濡れまだ象《かたち》ある廃船を墓標と見つつふるさとをゆく

汚れたる波を喰みゐる破船ひとつ見残してゆく夕べの波止に

空間に響《な》りつつ海へ出でてゆく風の苦悩か草木が撓む

段丘をのぼりつめても冬の土蝶の青濃き骸《しかばね》に逢ふ

みづうみに千の眼孔泛くごとく冬鴨の群動くともなし

寂かさは限りもあらず水鳥は吹かれてをりぬ風吹く方《かた》に

水わたる風に押されて浮きてゐる数千の鴨もすべなくあらむ

風向きに合ひ寄る鴨ら入江なす葭の枯根を埋めゆくごとし

藻のごとく泛きゐる鴨が唐突にひと声鳴きて群を離るる

おのが影啄むごとく水に泛く嘴うつくしき冬の鴨どり

自が首を羽毛に埋めて吹かれゐる鳥は鳥なる形に生きて

紅鶴も草の地平に降り佇てばたちまち何を狙ふまなこか

斑雪積みし小枝の寄り合ひて岸にうかべば
湖の骨

北海の波より白き烏賊の肉鍋のなかにて浮
きあがりくる

首細き白磁の壺と我とゐて柩守るがごとき
夜なり

オリオン

風立ちて霧にぬれたる戸口より紙やはらか
き小包来たる

今日ありて明日生きてゆく村巷に余刑のご
とくよな降りやまず

巨いなる闇を抱きて暮れてゆく淵のごとく
に阿蘇の山谷

世に在ればはかなくたちし分岐点たそがれ
駅に寒の風吹く

ゆきくれの頸筋さむく村境思ひ坂とふ名もありしかな

すれ違ふ髭の男が斧かつぐ村境にて現なかりき

一瞬の形相にして馬の目の冬黄昏のごときを見たり

山鳥の声透りくる夕ぐれの風切り峠今日も風吹く

風花はあるときふとも降りてくるわれのほてりし額のうへにも

てのひらにのることもなく空間を冬華のごとく雪片はとぶ

幼児の眼《まなこ》の高さにわれも見るほほづきいろの寒の夕焼

裏山のいづこへつづく獣道わたらむとして朽葉を踏めり

履く足袋がしまりつつゆく風の坂何にせかるるわれの命か

この夕べ風も地をゆく丈低き草いつせいに揺れやまぬなり

草の葉に初霜はたつ山の蚕の結びし繭も光りてをらむ

霜枯れの草生に止まる白き蝶ここに生存のかそけきものら

反逆ののろしのごとき煙立て人は冬野に何焼きてをる

藁を焼くけむり冬田をのぼりゆく杳き弥生期を幻として

身のめぐり草の絮とぶ明るさを目にまぶしみてくだる夕映え

待つのみのわれのひと世か黄昏の野のバス停に長く佇む

青首の大根吊りし冬空に脂したたるごとき落日

立てかけし梯子が空に伸びる夜かひそかに傾ぐ冬のオリオン

紙のごとき黍のもろ葉を響らしゐる風も敗北のものにあらずや

しわしわの紙袋ひとつ手に下げて人の子ならぬ魚買ひにゆく

無造作に捌《さば》かれてゐる鶏の脚冬の肉屋の広き俎

雪の日の射程のなかの水槽に縞目の魚の漂ふひとつ

粉雪の沫雪となる夕巷鯖の切身を下げてゆくなり

たつぷりと荒塩含む北海の鮭の頭を切り落したり

滴滴とレモンの汁をふりかける必然として夕餉のさかな

標的

村ひとつ消え失せしごとき夕ぐれか草やくほのほひとつのこりて

消滅のいかなるものか河原に草もろともに焼きし跡あり

断ち截れて人の無念も残れるか土の表の古き切株

現世の何見んとして来し河原石よりうすき稚魚の群れをり

雪解けの水もろともに流れ来し木片いくつ
岸にもみ合ふ

すぎさりし風のかたちもとどめゐる河原の
砂をわれ踏みてゆく

水落し広くなりたるぬめり田に脚高くして
白鷺あゆむ

一人《いちにん》の死《しに》も風土の景となる篠竹がいま雪こ
ぼしたり

死してなほ人は孤独を恐るるかこの一群の
墓に雪積む

死者は死者われは一束の花抱き風にいのち
を藉しつつ歩む

ふりむけば寒の茜の雲わたる遠くよりくる
喝采のごと

不出来なる拓本を手に帰る道われに優しき
寒の夕映え

あるひは人の肺腑のごときあかるさか冬日
の空に枝張る葡萄

裏切りしもののやさしさ冬土に大根細く青
首を出す

大根を抜きたるあとの小さ闇かすかにのこる温もりありりや

茫茫と野辺の霧より現はれて少年するどき口笛を吹く

巡り来て薄刃包丁研ぎてゆきし研師はいまだ少年なりし

愛憎のいづれともなく振りあげて鉄柱を打つ少年見ゆる

嫋々と弦ひきしぼる少年の黒眸《め》のなかの標的しらず

まれまれに今日われ楽し白鳥の翔ばぬ絵暦壁よりはづす

遠　雷

寒薔薇が風に吹かるるひとときを誰か近くで杭を打ちをり

たち枯れしあわだち草の穂にとまり揺れゐし雀やがてしてとぶ

寒薔薇の花にもふかき淵あればやはらかにして匂ふ花びら

冬雨に濡るるは貧にゐるごとし黒き外套の衿たてててゆく

刃もの屋の棚に鋭く立てかけし肥後の薄刃も今日見しひとつ

かりそめのごとく近づく死もあるや病舎の縁《へり》に憩ふ鳩群

門灯をともし声なく待ちてをり鳥のごとくに人も帰るや

酔ひ痴れて帰れる夫の扁平なゆびがすがりし硝子戸くもる

くもりたる硝子のうちにぐつぐつと土鍋は煮えて憂愁家族

聖血をわかつごとくに葡萄酒をのむとふこともさびしきひとつ

感情の充ちゆくときぞ牛乳は鍋のへりより泡立ちはじむ

頭より焦げし六尾の寒ししやもガス火とろとろ夕べの厨

鶏骨の煮凝る鍋を温《あたた》めて溶けゆくものはとりまた膏《あぶら》

口中に辛子蓮根嚙みくだく見透しつかぬ残世といふを

すみれ色に爪を染めるぬくき夜半死してものびゆく切なきものよ

一つ家に遠雷を聴く切なさもその余のことも言はずひと冬

解説――さわだつ詩の淵

安永蕗子

歌集『漂鳥』の開巻に近く、次のような歌がある。

卵白をかきまぜてゐる朱の箸自が骨片を拾ふことなし

もしかしたら、卵白の中に、小さな卵殻の一片がまじっていてそれを箸でつまみ出した直後の歌であったかもしれない。下句の感懐は当然のことを歌い出しているために、現実的な恐怖を呼び出す一首である。この一首に到る前に、

病む友の臓が小さくなることを思ひあゆめば細き夕坂

送葬の帰り路にして二十ケの卵を買へり双掌危ふし

葬り処の風を背負ひて来し我か黒きコートをぬぐ夜の部屋

がある。友人の死に至るまでを、死の外側の事象を扱いながら、自が骨片、にまで追いつめてゆく手法が見える。いずれも密度の高い歌群である。一首一首をとってみても粘りのある歌い口である。なまなかな感傷を言わぬ野太さも持ちあわせている作者である。

著者富田豊子は歌作をはじめて十三年である。比較的短い時間に、歌の整正の困難も知り、写実が抽象の根底に在ることも、素朴な歌作の道程で身にしみて感得したはずである。作品の密度は作者の素材観や、歌作という行為自体への密度と相乗する。前掲の一連の歌でも、愛する友人の死と葬送にあたっても、一面に淡々として素材化する根性のようなものがある。でなければ、臓器のありようをあれほど端的には表出できないだろう。対象に対する執着と、

秘めやかな発意は彼女の特長でもある。

もみ殻は堆《つか》のごとくに積まれゐて誰か小さき火をつけに来る

牛乳の紙のパックを手につぶす紙のカップはいかにもはかな

風あれば風をよろこぶシャツふくれ遊びのごとし種子播く人も

音たてて鯉が池面にたちあがるはかりがたしも魚の心は

誤字ひとつ夕べ埠頭の立て札に見出しもののくれてゆくらむ

など、挙げてゆけばきりもないが、ふと垣間見た何ほどのこともない風景に、思いがけぬ人世の深淵を見てしまう。謂うならば不幸な感性を身につけている人である。火をつけに来る者がいるとき、もみ殻はだれかを埋めた堆《つか》であり、パックがカップになるとき、人間は淋しい営為をくりかえしていることに体ごと気づいてしまうのである。手摑みのリアリティが多いこともその特質であろう。彼女の十三年には、歌作の技量に加えて、当然のように年歯の巧が付加してゆく。年数がその新鮮をくもらせてゆくのではなく、別の世界を見せてゆくおもしろさがある。純真な初歩の表出の裏側から、女人としての成長が色濃く歌の面貌にせり出してくる。

梅が枝に仏飯ほどの雪のりて朝の光に雫をこぼす

ふりむけば寒の茜の雲わたる遠くよりくる喝采のごと

ドラム缶の縁《へり》にそこばく溜りゐる雨水を時に風が吹きゆく

無造作に馬のかたちの靴篦《へら》を今日も使ひて出でゆく夫が

歌という定型詩が領し得る守備範囲を的確に抑えているから、妙な悪あがきをしない。梅が枝、だの、ドラム缶、だの、靴箆など、野暮ったい口まわしや素材で、日常平坦に腰を低くおろし、その上で軽快に歌いあげてしまう、ちょっとしたたかな作者でもある。

嘆けとて還ることなき歳月を鉈振り下ろし人は黍刈る

墓石に人の名刻む男ゐてなにに塗《まみ》れてゆく生涯か

屋根の上に飯を干したる家ありてなほつくづくと日は照りてをり

望見し、嘱目する風景の中に、作者の生活感情はすでに顕著であるが、富田豊子は坂の多い町、三万たらずの人口を擁する小都市に住んでいる。集中、坂の歌が多く、市民的な明け暮れの中で、みずからの存在を愛しむ歌も多少はある。だが、文芸の業に身を入れたもののそれは不幸でもあるが、毒のうま味である自己剖見が、表白の舌をよろこばせるのである。

今日三度菜切り包丁持ちて立つあはれ甲斐なきわれと思ふに

おのづから思ひもつきて椅子を立ち米三合を洗ひはじむる

塩は壺に液化してゆく厨房に小さく動くわれの影あり

などは、まだ尋常な生活の座にある歌域であるが、作者にはいま少し野性の血がある。その血が動くとき次のような歌になる。

黄昏の時空はありていまはただ最終便に乗り込みてをり

吹き抜けの廃墟に見ゆる空青しいまはいかなる言葉もあるな

晩秋の風に吹かれて永遠にあゆみ去ることありや人にも

恍惚と落下してゆく蝶もあれ峡の吊橋かすかに揺るる

以上は定型の歌に、ことに短歌に、魔力の一つとして与えられた上句下句分断の技巧を駆使した歌例である。一首に表裏の顔があり、しかもそのままひたと綴じられている胡蝶本のような表現である。平凡な日常に従事しながら、さわだつ詩の淵にたえず身近く在る作者である。その両方の地点にこだわりなく往来するのも彼女の大らかな性格のせいであろうか。この集をあむにあたって、ノートには一千首に上る歌数があった。十三年だからといっても年間百首は、初心の時間を入れるなら、それほど少ないとはいえない。むしろ多作に近いだろう。その数を、彼女は容赦もなく切りすてた。「漂鳥」という題名をえらぶにも、格別に思いいれがあったわけではないようだ。

霧生るる分水嶺を越えてゆく鳥たちまちに漂ふごとし

の一首から名づけられたものであった。だが、それについても、そのあとの一首に私は魅かれた。

言問はぬ樹木みてゆく五時間余わが感傷の淵がさはだつ

ともかく、豊かな才分に恵まれた作者である。歌材は彼女の周辺の随所に散乱し、それを採りあげる手は思いのほか温かく、力づよい。何よりも一首を成す措辞の正しさと的確なことばえらびへの熱意が、この後の作者をどのように大きくしてゆくか楽しみである。彼女はきわめて、というのも変な言い方だが、普通の妻であり、母親である。だが、そうした家族構成から類推して語らねばならぬような作者ではない。歌が彼女とともに自立してしまっているからである。つきあうのに気持がいい。歌う対象への興味以外を語らぬ人であるからだ。人とつきあうのではなく、歌とつきあっている感じである。ともかく千首の中の四百四十一首である。ほほけたような無駄はない歌集だと思っている。今、ひたむきな集であるからだ。

あとがき

ある時、晩秋の風に乗ってひかり翔ぶ鳥の大群を見たと思った。それはすぐ右手の大宮神社の境内の巨木から、離脱していく落葉の群であると知った。天翔けるものへのひそかな思慕を抱きながら残光の坂をくだった。

短歌をはじめて十三年になる。

わずか三十一音の短歌は私の暗い抒情の部分と溶けあって、最もなじめる詩型となった。

有明海に面したふるさと河内を離れ、熊本県北の山鹿を永住の地と決めてから、草莽の思いのなかに紡いだ歌群は千首を越えた。そのなかから四四一首を選び「漂鳥」と題した。第一歌集を編むにあたり、春から冬への部立てをとった。また昭和六十年、第二十八回短歌研究新人賞候補となった「花粉症の猫」三十首はそのまま春の部に入れた。解説を短歌の基礎からご指導いただいたわが師安永蕗子先生にお願いできたのは何よりのよろこびである。また「椎の木」入社以来常にやさしく見守っていただいた安永信一郎先生のご恩情も忘れることはできない。

出版にあたっては、雁書館の富士田元彦氏の懇切丁寧なお世話を頂き、小紋潤氏のすばらしい装幀となったことを心よりお礼申し上げる。また、たくさんの方方のお励ましも頂いた。ささやかな歌集のためのおことば万々ありがたく御礼申しあげたい。

一九八七年五月

富田豊子

『薊野《あざみの》』（全篇）

I　緋の伝言

緋の伝言

ひそやかに椿落花の道つづく緋の伝言をたづねてゆかな

踏めば修羅火種となりて坂みちに赤き椿の花が零るる

ふと風に飛び立つ如く砂山の砂が崩るる砕石場に

砕石の音鳴りひびき地の上に三角錐となりゆく砂も

ゆく川に波打ち際の潤みたる汀線といふやさしき日暮

河原に置き捨てられし男靴夜は磯鴫の宿りとならむ

黒幹の空に伸ばして桜木の浮き世の花が微光を放つ

石門の丸きを入ればみづからの翳に青透く夕桜ばな

身ほとりの音となりつつ桜ばなひそけき雨の滴《しづく》をこぼす

さくらさくら白き国花の花蔭に顕つは野戦に逝きたる父か

建立は三年以内と春昼を墓石許可証の一枚がくる

野に低く朱金の月がはればれと目鼻もあらずのぼりくるなり

うちつづく夜の畑田は海かとも漁火かとも遠野ともしび

黒　碑

吹く風に寒き夕べは葦もまた全身暗く泣くか湖畔に

白貌の湖《うみ》と見てゆく身に深き淵をあふれて夏の雨降る

地に落ちし泰山木の花びらが小皿の如く雨うけてをり

生きてはや餌にくる鳩の赤き脚草ひとすぢを摑むかたちに

夜桜の縁《えにし》も残る一本の黒碑の文字が雨に濡れゐる

一粒のブルーベリーが喉もとを過ぎゆくときに血はたぎらむか

湧水に他意なきときをうち靡き姫梅花藻の五弁が開く

群生の薊をいでし野兎が遠き山野の風聴きてをり

空と海

生臭き魚卵にほへる海の村風かすかにて世のゆきどまり

空と海あはひま白き鷗らの北帰の前の翼吹雪けり

魂の溶け出るごとき薔薇いろの水下げてくる日暮れの園児

野のなかのひとつ校舎に日は照りて鞦韆をこぐ子供ら高し

大鍋につつじの花の煮えてゆくみづみづとして黒緋のいろも

目刺焼くにほひたちくる夕の露地ふとも騒だつ過去のものたち

感傷をやさしむほどの夜の闇蜜柑の花は甘く匂へり

ジャンパーも帽子も母のものにして暁光寒気海の村ゆく

夜の桐朝の桐見し海沿ひに次の世紀も花やむらさき

大潮招き

春川に礫《いし》を飛ばしてはるばると光の如く少女期はあれ

ほつかりと夫を失ひ父も亡しいんげん豆の花は白しも

卓上のさびしき廣野に潰したる蟻が砂漠の砂の匂ひす

漂着の船ならずして古畳雨に濡れたる膝折り坐る

たちまちに独りの米を磨ぎあぐる水は澄むなり夕べ厨に

亡き夫の絶無の時間を畑打ちて百合の球根ふかぶかと植う

口中に嚙めばぷちぷち音がたつ赤き野苺潰れて原野

風なかの童子の如く村巷の空地に立ちて青蒂草

池の辺の草に来てゐる朱蜻蛉そらの碧さを羽に映《うつ》して

朝の日の直なるひかりうけながら一杓の水墓石は吸ふか

冥界へ吹きゆく風もあるごとし夕橋わたるこの浮遊感

花烟り人もけぶりて春の靄生くるといふはあそびの如し

風招《かざをぎ》の大梵鐘をひとつつく響《ひびき》は春の野面を渡る

喪の家の淋しき日暮れやただひとつ白落雁の残る縁側

絶え絶えに這ひのぼりくる川霧を透して砂のごときビル街

鷗来る海辺の町に棲みはてて鷗のごとく髪白き母

ふるさとの潟を思へば懇ろに手を挙げてゐる大潮招き

一塊の積荷のごとく降ろされし哀れバス停に麦秋の風

II 梵字

虹

生も死もふたつとてなき野薊の群落暗きところをあゆむ

かの人の肋のごとき風の痕《あと》海へおちゆく砂浜にたつ

天涯は匂ふごとしも雨のあと神が踏みたる朝の大虹

美しき夏の虹顕つ薄命の朝としいへど人と逢ふなり

飛蚊症の朝の不可思議夏空の風の裂け目に大蚊《ががんぼ》がとぶ

急ぐことあらねば深き朝霧の背骨のごとき川塘をゆく

緑金のいろに昏れゆく夕川の恋のはじめのごとく波たつ

オリーブの油滴ひろがるフライパン　スプーン一杯の黄昏は来る

遁走の夕星いづこ杜はいまみ灯《あかし》ともす夏夜のまつり

十方の闇に浮き顕《た》つ千の灯《ひ》の螢火ならず灯ろう祭り

垂直に流星墜《お》ちし一瞬のかがやく闇を誰にか告げむ

宵闇の花火見てをり面上に展く浪費といへど切なし

ひるがほの花の浴衣を夜干せり楕円の月に見られながらに

夏の傘くらげのごとく開きゆく深海蒼き街に来たりて

棒状に朝の虹たつつかの間の天の断崖《きりぎし》騰《のぼ》るものなし

白南風《しらはえ》の吹きくる街の魚店にて苦渋の口を開く鱸《すずき》が

かたむけしうなぎ籠より細長き土用うなぎが忽然と落つ

夕闇に青き蜜柑の匂ふさへ村を疎みし若かりし日は

かなしみの嵩負ふごとく夕ぐれの埠頭に乾く濃き定置網

背に光る海を負ひたる老い母が自転車漕ぎて近づきてくる

海光の飛沫とばして泳ぎゐる魚影のごとき少年の群

岬にて佇つも流謫《るたく》のこともなし有明海上白き船浮く

長きながき巻紙開きしごとくにも立ちくる波の測り知れずも

夕闇を押し展きたる野ぢからに藪萱草の花はひらけり

梵字

みなづきの雨が洗へる尺寸の去来の墓は蓑・笠もなし

一本の花あぢさゐを傘にして雨の峡道女童走る

とらへしは神かもしれず指の間に螢這はせて女童笑ふ

思はざる虹をくぐりし運命も野に在れば見るふたたびの虹

神鈴の鳴りてやまざる夜もあらむ社頭に垂るる縄も汚れて

ひとすぢの緋の水流のたつまでに雨滴を容れて芥子の花咲く

髪黒きみどり児抱けば母ならず寂しく充つる量感のあり

モルタルの外壁にして脱皮する熊蟬の羽あはれ純白

藍青の百年経りし大火鉢夜はさわさわと蜘蛛が潜みぬ

硝子器のなかに迷蝶閉ぢこめてかく易やすと産卵を待つ

いしみちに梵字のごとくうねりたる小蛇一匹絶命の痕《あと》

ひと夏の渇きに罅《ひび》く一枚田減反の名を罪のごと負ふ

野づかさのまへの輝き蘂《しべ》張りて雨滴ちりばめ曼珠沙華立つ

秋光の射しくるバスに運ばるる人間といふさびしき袋

撓ふ川・菊池川

朝霧のたえまは蒼き野の川に浄衣《じやうえ》の襞か顕ちて流るる

臓器なき川と思へど風にとぶ雲雀のごとく声あげてゆく

逝く川の鼓動聴こえてくるまでに朝の光はただにしづけし

紺青に瀬を落ちてゆく朝川の背鰭のごとき波たてながら

湛えたるみどりさながらあるときは少年のごと撓ふ夏川

一番口・二番口に坊主口呼び名廃《すた》れて川は流るる

薄明の晩夏の草生逃がれいで蛇が音なく川を渡れり

天も地もただひと色に浄まれる白霧のなかより瀬音は韻く

瀬を速み秋の水ゆく煌々に夕べ布袋草《ほていさう》一株浮かぶ

磯鷸《いそしぎ》の川石渡りゐるときをたまものの詩《うた》ほろほろと来よ

川岸は洗ひ浄まる大根の白き感覚まぶしみてゆく

うす紅のなんぶ大橋をみな橋朝川霧に濡れてゆくなり

音絶えし白霧のなかに霧生《あ》れて川石瞬時列島をなす

天地はや白霧のなかに茫たるを川はいまだも霧吐きてをり

純白の棒杭となる大鷺に霧生れてゐる汀のあたり

木婚ははるかに過ぎて川岸に白く霜置く船が浮かべり

夕映えの波の面《おもて》に動きゐる鴨の百羽の命しづけし

浪浪の川のすさびも波あげて朧の海へ海へ流るる

Ⅲ　八月の五線譜

八月の五線譜

春寒の泪流せば西海に胎内仏のごとく日が入る

海岸の石の面に翅たたみ茶毘紙の如く蝶がとどまる

森のなかになほ野苺の赤ければ繁みのなかはなほも戦後か

茜さす宵のブランコさやさやと地上離れて児は漕ぎいだす

畦みちに早苗つみたる車ゆく田の神青く乗りてをらずや

朝水のきよきをふくみ手を洗ふ日常といふ陥穽にゐて

誰かいま夏の落葉を掃きてをりいたぶるごとくその音ひびく

風吹けば白く抜けゆく繊毛の薊の穂絮遠くは飛ばず

わが声の生るる八月五線譜に書くあてもなき父への挽歌

漆黒の種子あつめたる葱坊主汝が充足の季に遇ひたり

匂ひつつ栗の花咲き花の散る山畑にして時は生れゐる

遠々に群山見えて底ごもる青き霞にわが町浮かぶ

ただ一度客となりたる街角の赤暖簾今は無きぞさびしむ

うす暗き光のなかに肉迫の百済観音匂ふがごとし

父

坂の町あゆみ来たりてうち続く悲愴のごとき海の夕映え

夏の夜ののつぺらぼうの白塔婆　墨香鎮めて父の名書けり

一行の遺書の帰還もなかりしよ父を思へば
蟬が啼きたつ

平成の慰問袋に入れてゆくふるさと深き山
のま清水

死はそこにあるごとき夜の滑走路飛びたつ
飛機はただに白しも

サボ島の見ゆる岬に膝折りて父よと呼べば
青きソロモン

潮騒の音は嘆かぬ渚にて小さく赤き珊瑚を
拾ふ

椰子の実

魂呼びのスコールなるか無尽蔵の雨の水滴
海面を叩く

亡き父に逢ふ華やぎは黒衣着て鶴のごとく
にラバウルの丘

砂塵舞ふ廃墟の町をさまよへば誰に手を振
る肩のスカーフ

葬られし砂中の父の手がよぶか風に失せた
る黒きスカーフ

熱砂とも流沙ともなく拾ひ来し南島の石骨
のごときを

丘陵のなごりの土を手に掬ふ掠めて去らん
ものならなくに

膨らみし水平線の見えてゐる青き裸形に海
光るなり

珊瑚海の水平線上何もなし北北西に日本は
あり

養ひの父を父とし生きて来し歳月ほろほろ
言へば風塵

五十余年過ぎし歳月いまもまだ孤独の形の
椰子の実残る

日本の飛機の墓場は南島の清しき風のやま
ぬ野晒し

高床に佇つ島民の目交を黒蝶ひらりひらり
ととべり

午前三時四十三分無念なる死を記し終る父
が軍歴

一兵の父の命をつなぎたる椰子の雫を飲み
ほしきれず

水鳥の黒羽光りて歩むにぞこの浜砂の時空乱すな

億光年の孤独

八階の窓よりみれば巷ゆく青人草が地上に戦ぐ

帰還なき父の米寿も祝はむと天《あめ》の天草陸橋わたる

謝辞述ぶる義父《ちち》の短きことの葉のあはれ一行の詩歌となりて

たちまちに箸の先より波だちて卵が椀に潰れゆきたり

赤錆びて錨が乾く太陽の億光年の孤独を浴びて

断崖《きりぎし》に悲鳴ひびかせ牡蠣殻を捨てしは誰か白く乾くも

たつぷりと真水あびたる夏障子過去消すやうに洗はれてゆく

兵役を拒みたる人棲まはせて秋の水上彼岸花咲く

秋光に瑞みづとある葡萄房熊襲の末の子らか捥ぎをり

含羞草《おじきさう》の花の時間は短くてわれのねむりの先に葉を閉づ

Ⅳ　風の袋

落し文

黄昏が黄泉へとつづく時の間を一輪車漕ぎ児は遊びをり

自転車の荷籠の底ひ秋天の落し文なる木の葉一枚

薄紙に捕へし青き蛾のひとつ漂ひ魂は緑野にかへす

わたりゆく霊の重さに堪へかねむ夕べ石橋の片側きしむ

淡青の小蛇の骸《かばね》一条の秘文となれば樹下に埋むる

ひとすぢの泪のごときを流露する夜明けの窓に寄りゆくわれは

一枚の古鏡《きやう》のなかに見えてゐるセピア色した父の写真が

履き捨てし青き靴下この朝は足の先よりわらわらと冷ゆ

朝冷えの路上の際《きは》に倒れゐる黒き自転車弧の字となりて

み社の青き実生の銀木犀産むも産まぬもみくじを結ぶ

道楽《みちがく》は稲穂の波のあはひ抜け幣かかげつつ風の谷ゆく

稲原の畦に群生の彼岸花千年かけて炎えたつ緋色

乾反りゐる柿の落葉を塚として火を放つなり紅葉浄土

てのひらに沁み入るごとく尿《ゆまり》せし犬よ老いたり秋天の下

爪立ちて水を遣りゐる幼児の眼《まなこ》に高き白彼岸花

列伝をのぶることなし女児乗せ秋蒼空の下の騎馬戦

風の袋

一村の風の袋に包まれて葡萄百房瑞みづとあり

蔦かづらもみぢしてゐる古き墓いへば文芸に縛されてをり

流星雨降りくる夜なり思ほへば杳き弔辞を頼まれて来し

十粒の種子埋めしは誰の手か朝の陽に炎ゆ天のひまはり

思ひなく土手の彼方にま影たつわが影なればいざ言問はむ

潮風《うしほかぜ》露地に入りくる海の村幻ならぬ過去帳探す

幾千の金の煌《きらら》のつづくなりいま太陽が盗みたる海

海に来て魚網しぼりてゐる男魂ひとつ捕ふるごとく

舫船舳先をあげて揺れてをり風浪しづまりがたき夕ぐれ

百千の鳥の素描の脚のあと砂上に顕つを夕波消すな

沖に向く砂浜の船ひたひたとくる上潮《あげしほ》を迎へてゆるる

さし来たる秋潮沁みる干潟にて穴ほこほこと生きの泡立つ

天つひかり輝くときをくれなゐの飛礫《つぶて》となりて白鷗が翔ぶ

草の穂の動くと見れば虹いろの爪もつ蟹が過ぎる砂浜

地の上に一剎落の烏瓜飛行の夢を見し日も
あるか

忽然と夕べに白き曼珠沙華幽明界をいで入
る花か

洗ひ朱の月いでし頃さびしみて君と黙約の
弔辞書きをり

海峡をわたり来たりし夏の帽懇ろにして釘
に掛けおく

碧玉の湖

年頭の甕に菊花はあふれゐて鄙の男も留守
のことあり

雪解けを禊《みそぎ》の水と濡れながら梅の古木の花
芽膨らむ

あぢさゐの花殻あまた枝に在り余剰のもの
も風に透けゆく

颪冽《きよ》く吹かれ来たるか白羽根の草絮終の群
生に逢ふ

ゆうらりと月下美人の長き葉が乾ける冬の土間に触れをり

われもまた枯れ葉色した服を着て颪に騒立つ芭蕉林ゆく

ひと筋の水は流れて冬沼は肉体のごとき肌を晒せり

萱草のあはひかたむく空船《からふね》の底ひ凍りて氷紋は立つ

みんなみに今年みたびの雪降れり半透明に蕪《かぶら》煮えゆく

月光の届くことなき古壺の口まで満たす大寒の塩

俎板の上の一尺落鮎の蒼き体軀に水草匂ふ

いくたびの自噴の果てか雪山は碧玉の湖《うみ》こごに抱けり

これの世に落ちこぼれたる白妙の雪をかつぎて紅の山茶花

夕さりの天文坂にしんしんと忘我の白き沫雪が降る

一枚の凍る夜の坂きはやかにある身の影とま向ひてゆく

剝落の葩とても命おび風の路上を立ちあがりゆく

如月の天文通り花見坂百年ののちわれは風なり

桜貝

軒下の漬物石が春愁の花びら白く享《う》けとめてをり

玉葱のうす皮剝きてうつし身の涙こぼしぬそれだけのこと

霜折れの葱の婆娑羅を引きぬけば白根に匂ふ春寒の泥《ひぢ》

高く低く葱坊主立つ朝光の畑田に響《ひび》け青の旋律

一斉に刈りとられたる葱坊主折り重なりて
草葉の墓場

烟るがに麦の穂青し忘却の東京曠野に修司
忌が来る

老いづきしドーベルマンの一頭がくま笹分
けて月光を来る

廻したる夜の地球儀うつすらと春も未踏の
塵芥を置く

一坪に充たぬ草地に春彼岸一族墓碑の杭を
打つなり

深ぶかと生霊のこゐ閉ぢこめてみづうみ暗
し何も映らず

みづうみの水位溢れて風吹けば浮巣さ迷ふ
春の葦の辺

塩振るは潮呼ぶごとき指の先春のしいばの
身にぞ薄きに

いく万の魚影の群の過ぎゆきに蓬の色に海
はかがやく

きはやかに水平線を截り落し白き魚網が海
上に消ゆ

運命を摑むがごとく紅いろの裏日本の海石拾ふ

桜貝いくつ拾へど稚な児よ見ゆる未来をいふこともなし

朝あけの有明海上風あれば海童のごとき雲も走りて

紫に海は怒るか奔馬のごと岩打つ波のたてがみ光る

鳶もまた一海村のものなれば漂ひて来る窓の近くに

雪白の月の光に照らされて提げし魚の干物が匂ふ

ゆるびたる網戸に来てゐる風と影ときに帆船の象《かたち》を描く

ふつさりと葡萄一房さがる下青く翳るを身の科として

なりゆきにまかせてをれば畑を這ひ梅が枝のぼり南瓜は太る

舅姑《ちちはは》のあともとどめぬ家の内鳩時計鳴く日盛りの二時

自らの花蕊に染みて暗赤の花となりゆく夕ひまはりが

遠神の具現と見ゆれ粛々と白霧生れゐる橅《ぶな》の林に

集落は罠のごとくに匂ふかな辻々にして青き紫陽花

村の墓すこしなのめの石のはか骨片いまも乾きてゐるか

紫斑

花菜漬噛めばかそけき早春の香にたつものが身央を過ぎる

朝冷えの古物市に売られをり子犬ま白き繭のごときが

朝あけは霧の器かふかぶかと坂みちにして我もおぼるる

朝霧は桜大樹を沈めゆく花往生と呼べど応へず

楼門を入れば枝垂れの桜ばな去年も今年も恩情の花

鳥わたり鳥が落せる桜ばな花のかんざし児はさしてゆく

桜咲く春のまつりの大羽釜三千食のすつぽん哀れ

見下ろしの千本桜のしろたへに溺れ消えゆく人間の群

折々に花びら路上に立ちあがり吹かるる果ての野晒の歌

春落葉踏みゆく道辺卵殻の小さきに夕の陽は入りてをり

集落は樫の木蔭に祀りたる白くぶ厚き荒神の手を

山霧の晴れゆく間に見えわたる全山白き梨の花畑

一本の梨の花蔭はればれと白き沈黙享《う》くるひと刻

漱石が越えてゆきたる峠みちあゆむいづこも梨の花風

うつむきて貝母《ばいも》百合咲く春の土花に紫斑の
ことも淋しゑ

米《め》の山の麓にあがるひとすぢの紫煙は滅び
ゆくものの色

V 薊野

生死

テレホンカードのなかの秒刻消えてゆくさ
びしき一語言ふまへにして

土に浮く走り根踏めば落魄の心切なく足裏
が痛し

源流も終末も見えず一条の川の鼓動が白霧
に響く

遺骨さへ宅急便で届くとぞ空恐ろしきことも聴きをり

雨あとの路上に潤《ほと》ぶみみずらの死の形象といふもくれなゐ

たまたまの啓示となるか夜の夢に弧の線描きて赤き虹顕つ

ひたすらに祈る一夏か一束の薬草煮出す朝の土鍋に

溲瓶下げて夜半の病廊辿りゆく遠く初秋の雷神ひびく

互みの声透きくるごとき朝光の野外の卓に向き合ふわれら

病めばまた生死と向き合ふ日にちの夫が描きゆくわが顔若し

髭をそる夫のかたへに歯を磨く刻はしづかに罠のごとくる

風吹けば風に乱るる幼な髪児は一すぢの草のごとくに

池の水動くま昼か青青と蓮の大葉が音なくゆれて

一つ身の貧しき抒情に風吹けば山河を越えてほととぎす鳴く

塵・芥集めて朝はきりきりと風にすずしき透明袋

獣肉の八〇グラムにさびさびといま純白の地の塩を振る

薊野

高窓に淡雪が降る死に近き夫と吾とが水のごとしも

暁光に盲《めしひ》しならずめつむりしうすくれなゐに異界が見ゆる

わが泪 慮《おもんぱか》りて医者が指す胆管華のごとき透視の写真

背骨とはかくも鋭きものなるか病む背に触るる背柱匂ふ

生きの日の孤独の象《かたち》か密かなる溲瓶に落つる尿《ゆまり》の音は

饒舌な風など吹くな消灯の九時を守りてまなこを閉づる

抱きゆく氷枕の冷たきが胸に沁みくる夜の病廊

病む夫のせめて胃の腑に冬苺花びらほどに透けて落ちゆけ

嘔吐する密けき音も夜の底ひ冬木枯を聴くごとくをり

病む夫を看とるかなしさ扉《と》の外は森となるまで冬木を植うる

病む夫が生の的とし受講する自動車免許更新の証

胸中に寒々とあるひと処確めたくて朱欒を抱く

百合咲けばわれを見つむる夫の眸のかくも切なき二重の瞼

水狩の思ひは一途子とわれは春の霞とボトルに詰むる

春霞まして末期《まつご》の山清水汲みゐるわれの貌など隠せ

一束の緋薔薇の花を届けくる花屋が午後の光の中を

葬列は桜並木にさしかかる柩の夫よまなこをひらけ

哀しみの色とし白き葬の花の菊は溢れてわが身に匂ふ

山芋の根太きものを擂《す》りてをり親しき死者が立ちて覗くも

屈強の昔語らず一輪のタイヤが雨のしづくに濡れて

風見鶏しづかに動け一人の死の現実を越ゆることなし

いくそたび挽歌を聴きし霊柩車白きタオルで拭はれてをり

萱草の光る川岸千年の魚の恋など我に語れよ

おのづから心やまねば薊野に夫亡きあとの時間をあゆむ

夫亡きは夢ならずして何もなき自由寂たる時間が襲ふ

埋められぬ空間なれば亡き夫の白き車は車庫に留《と》め置く

紫陽花の蒼き門より一袋の過去捨てにゆく古靴入れて

沼

水無月の白くにごれる水溜り身の翳越えて何処へ帰る

十数回電話の音が鳴りしのち息絶えしごと静かになれり

愛憎も物象となる六月尽紡錘形の青き骨壺

亡き人が使ひ残しのシェービング・ローションー罎森林調で

今日は夏至ながき夕べに槍烏賊の怒りてあかき皮剝ぎてをり

現世のうすくれなゐの華蓮座見えぬ仏が風に揺れをり

赤まんま泡立つごとき夕映えの休耕田は満身創痍

八月の熱き野ざらし蒲の穂の赤きが群るる欲望の沼

新盆の八女提灯を畳みをり骨ほそぼそと夜半のひとり

森ふかく鳴きはじめたる梟のこゑ押しあげてのぼる坂道

村の門

死はいまも謎のことにて一盛りの空豆ごはん黙然と食ふ

満天の星の在処と思ふべし春の湖面の綺羅らさざ波

飛ばしたる草矢短く地に落ちて野の異端者の指は匂へり

梅林をへだてて乾く畑土に風はいかなる種《しゅ》を遺すべし

湖《うみ》の風はらむ少年の白きシャツ日の残光に帆船となれ

うつむきて土に畢らむ向日葵にことしも黒き種子が実りぬ

取りのこすハウスメロンが雨に濡れ畑田の隈にかがやきを増す

焼き捨つるメロンの黒き実殻など乾けば農のいくさばの跡

夕立のあとの激しき茜雲刺し違へたるあとの血のいろ

まつすぐにのびたる白き参道を振り返るとき過去が見ゆるか

一つ目の男が神とし祀らるるここ村の門風がいで入る

ちりちりと切干人参夕焼のいろに乾きてひそけし村は

古甕の蓋がずれたるかばかりに忍び入りたる宵の繊月

Ⅵ　胡椒

胡　椒

海峡に虹が顕《た》つなりさびしきをいまは飛機よりみてすぐるなり

漢江は雨に烟りて茫々と見果てぬものにかささぎがとぶ

雨あとの大河の濁りことさらに細波立てて漢江はゆく

宗廟の扉の隙間開くべし魂にも未練あると
思へば

夕ひかりあかるき壁に連ねたる胡椒緋の束
それぞれの貌

漆《うるし》の穂黄の穂掲げてうたふべし葉先鋭き夕
風が吹く

秋光のおよばぬところ燭ふたつかかげ観音
のみ手やはらかし

現はれし仲秋満月いまになほ百済をのぼる
月と思へや

オンドルの部屋の侘しき燭の下書くことご
とく敗北の歌

三・四ではじまる詩調持つ国の走るジープ
のなかにて聴けり

草の秀に触れて明るき白き蝶何万回の羽搏
きぞする

三頭の仔牛の睫毛見ゆるまで秋陽遍き柵に
寄りゆく

一人の生きの不覚の旅にして韓《から》くにの風人
ぞ恋しき

眼《まみ》涼しき白馬に逢ひぬ錦江の水のほとりの
わが百済祭

草　丘

命濃く望月朱し草丘にもろ手のばすも笑ふ
も独り

流星群百まで数ふる孤独にもあとは滂沱の
泪となりて

巨いなる秋夜の箱かわが家のお暗きドアの
鍵穴探す

密かにも魚の反り身を捌きをりひたすらに
して響く俎板

魂にぽたぽた落つるどんぐりの時雨音こそ
夜半に聴かむ

柩の窓覗くがごとき百年の深井の底ひ日が
とどくなり

洞《ほら》深き榎大樹に潜みゐる千年の風恋ふも空《くう》
なり

切株は白く淋しく地の上に神渡す風ほろほろと吸ふ

井然《せいぜん》と花壇に肥後菊立つ間《あひ》の気息さながら晩秋となる

寂莫の鬼など棲ませ夕ぐれは木の子スープを温めてをり

風を漁る

夕空に切り裂くごとく鳴く一羽寒禽のこゑ命にひびく

百管の竹の鎮まる蒼き闇犯さぬほどの冬鳥の声

ふかぶかと黒き帽子を被りたる深淵もなき身の影ひとつ

霜畑に巻葉解けつつなほも立つ置き捨てられししろ菜も仏

見覚えの坂は短く細かりし海へ奔りてゆき
たる風よ

潮匂ふ榾火を囲む漁民らの笑ひ絶えたる野
の風土論

男ゐて冬の河口に打ち展く網白銀の風を漁
る

雨霧らふ朝の海面に浄白の花となりたる鷗
呼ぶべし

突堤を心寒むざむ歩むにも薄刃となりし暁
の流木

満席のフェリーが岸を離れゆく黄泉抜けて
ゆくごとき軽さに

老翁の魚網一枚色あせて槐《ゑんじゆ》の下に朝の陽を
浴ぶ

露地といふ暖かきもの甦る八つ手の花のひ
そかに咲けば

否、否と破れ芭蕉が首を振る真実などを思
はぬ我に

向ひゆく風が身を吹く響《ひびき》坂フルートのごと
自転車走れ

自転車を乗りいだしたる児とわれに魔鏡となるな野辺の円月

ひび入りし古き世の壺あけぼのの辰砂《しんしゃ》一刷毛危ふく立てり

烏賊の臓《わた》ぞろりと抜けば呪縛より放たれゆかむ日の黄昏を

夫の命繋ぎたる日の山清水手窪にのめばこころは螢

騒乱

一畝の大根の花咲きたれば軽羅のごとく夕霧は来る

夕立のあとをふつふつ煮えてゐるただ一椀でよし蓬粥

倚りかかる春の硝子戸夕映えに眠気立ちくる神経の叢

あづさゆみ春の岸辺にくさ萌えの靄動かして芹を賜はる

穏やかに季に順ふ春彼岸雨後の墓石の雫拭きをり

桜咲き右脳波だつ正午すぎ亡夫一回忌法要終る

ゆふぐれを逃るるごとくうす紅の花びら付けて車が走る

枝張りし夜の桜の下に来て花に満ちたる力戴く

豊饒の闇に桜も眠るのか声を殺してあゆむほかなし

竹筒に燈火いれたる道標《みちしるべ》この世の闇をどこまで照らす

騒乱の世事をはづれて恍惚と仰ぐもはかな合歓のうす紅

花の魂《こん》ゆりあげて咲くむらさきの菖蒲のほとり心つつしむ

白き時間

濃密の白き時間を掲げゐる梅の古木の花に
寄りゆく

一本の欅が雨に濡れて立つもはや幻影など
に酔ふなと

白貌の海となりたる霧の朝ひそかに笑ふこ
ともあるらし

白銀の海苔篊千本数まへてつひにさびしき
沖のいさどり

玉葱のうす皮むきて大切りに食の自在も夕
の孤り居

かつてわれにみどり児ありし感情に抱けば
朱欒の命重たし

ぼうたんのいのち窮まる花びらにゆふべ深
緋の風が顫へり

空中に蝶の二頭が重なるを華麗と思ふまで
の日月

この先に何が見ゆるか森分けて走る線路の
跡なほ青し

栴檀の青き大樹の木洩日にわが身を容れて風を待ちをり

四肢伸ばし溝川の上とび越ゆる白昼の猫しなやかにあり

礼所にて人は何乞ふ梁に真烏賊のごとく白紙垂るる

全山は蜜柑の花の白闇に若き男の花守いずや

谿あひの冷たき間をつらぬきて白刃の如く螢火ひかる

秒刻を盗むがごとき歩幅もて麦の穂白き村なかをゆく

平明に向う『薊野』の切実の声
——富田豊子歌集へ

安永蕗子

歌集『薊野』は著者富田豊子の第三歌集に当る。「椎の木」入会から三十年を経たことになる。

三十年間に著者の生活にも大きな変動があった。それは何人にもあることで、三十年何事もなくすぎるはずがない。それに耐えてゆく時間が人生である。しかし、短歌は、その生活によって左右されるものではない。多少の変動があっても、三十一音の形に変りはなく、また万人の者に存在する詩型である。

その詩型に、どれほど素直であり得たか。

生臭き魚卵にほへる海の村風かすかにて世の
ゆきどまり

ほつかりと夫を失ひ父も亡しいんげん豆の花
は白しも

生も死もふたつとてなき野薊の群落暗きとこ
ろをあゆむ

緑金のいろに昏れゆく夕川の恋のはじめのご
とく波たつ

オリーブの油滴ひろがるフライパン　スプー
ン一杯の黄昏は来る

歌集の初期の頃の歌である。しずかに物を見るというのではなく、作者の目は自然よりも内心に浮かぶ現象の多彩を追って動く。

それは作者のいつわらぬ内心の声である。漁村を生地とする作者としてはありあまる風景がその心底にゆらぎやまぬのである。

そのしずめの心を待つにはまだ少し時間が必要なのであろうか、現実よりも内心の過剰な声が動くようだ。

いしみちに梵字のごとくうねりたる小蛇一匹
絶命の痕《あと》

ひと夏の渇きに罅《ひび》く一枚田減反の名を罪のごと負ふ
秋光の射しくるバスに運ばるる人間といふさびしき袋

といった劇的な表現も、現実の父の戦死の報とその後のことで多少の現実感が、歌をしずかにしてゆく。

夏の夜ののっぺらぼうの白塔婆　墨香鎮めて父の名書けり
サボ島の見ゆる岬に膝折りて父よと呼べば青きソロモン
潮騒の音は嘆かぬ渚にて小さく赤き珊瑚を拾ふ

という哀切に帰るというよりも、情景を想像するだけの空しさがきわだってくる。写実の及ばぬ域であるからだ。作者は歌うことで己れを静めるという願望はない。歌いつくして己れの本心に近づこうとする。然し本心とは何か、言葉の上での本心が現実の作者が辿りつこうとする本心と多少のずれがある時過激な言葉でその隙を埋めようとする。だが一歩をひいて、平明に写実をもって満足しようとする時、平明の本心をみずからさぐりあてることになる。詩歌という音律をもつ言葉の終局の静けさがそこにはある。集の後半に、一集の本音をいう、「薊野」の章がある。

高窓に淡雪が降る死に近き夫と吾とが水のごとしも
病む夫のせめて胃の腑に冬苺花びらほどに透きて落ちゆけ
おのづから心やまねば薊野に夫なきあとの時間をあゆむ

等、死に向う夫君への哀切が連作となる。
夫なきあとの一首に「心やまねば」という哀切と作者の真実が控えめな表現によりふかく現われて来

る。

作者の力量はこのあたりから次第に平静になってくる時、真実の声が控えめに現われてたしかな実力となってくる。

死者となって俄かに身近かなものとして現われてくる人に向って、作者の冷静は平明な写実をもって歌が根についてくる。

山芋の根太きものを揺《す》りてをり親しき死者が
立ちて覗くも
屈強の昔語らず一輪のタイヤが雨のしづくに
濡れて

など、人の死以前の華麗を追うあまりの過剰が消えて、静かになってゆく。その中での年歯のもつ自《じ》然《ねん》の力が作者をつよくしてゆくだろう。素朴な歌で、作者自身も変るのではないか。歌はそうした前進をたえず思わねばならないものであろう。

あとがき

菊池川は阿蘇外輪山の渓流を集めて菊池渓谷を下り、いくつもの支川を合わせながら、菊池盆地、玉名平野を貫いて、有明海に注ぐ県北第一の川です。私の街はその中流に位置します。川の周辺は四季折々に野の花が咲き、中でも群生する薊の花に魅かれて歌集名を『薊野』と致しました。

本集は、『漂鳥』『秋霊』につづく第三歌集になります。平成八年以降の歌三七七首を収めました。

一集を編むにあたり、私が二歳の時、戦場に行ったまま帰らず、南の島で逝った（昭和十九年十二月）父の慰霊の旅（平成九年八月）も入れました。長い歳月、心に封印した父への祈りの旅でもありました。

また、その後、思いがけずも、私の人生の大半を共に過ごした夫の看取りから死（平成十三年三月）への苛酷にも遭遇致しました。

生死はあたりまえのことではありますが、短歌という詩型を選んでいて、どれほど扶けられたか測り知れない日々でした。

師安永蕗子先生には、作歌の初期からあるがままの私を見守っていただき、このたびは『薊野』に跋をいただきましたことは、ありがたく、この上もない恩寵と心より感謝申し上げます。

上梓に当りましては、『秋霊』につづき砂子屋書房の田村雅之様にすべてをおまかせ致しました。厚くお礼申し上げます。

倉本修様の心韻く装幀も楽しみにしています。

今回も「椎の木」社友をはじめ、多くの方々の恩恵を受けました。お一人お一人に心よりお礼申し上げます。

平成十六年八月菊池川河畔にて

富田豊子

自撰歌集

『秋霊』（抄）

夕映えの町に来たりて浄土への道草に買ふ豆腐一丁

枝を張る桜古木のいつくしき万の予告の花芽ふくらむ

夕ひかり入りくる電車亜麻色の石のごとくに少年眠る

血のいろの楓の葉裏返しゆく風の尖端ここにはありて

父と娘の性悪論をききながら茹であがりゆく王様玉子

一房の葡萄を洗ふ桶のなか漆黒の眸《まみ》あまた群れゐて

喉仏ことりと落ちし死者の身に誰が告げたる「アダムのりんご」

髪切りて何を捨てしか新任の教師となりし娘は明るくて

夢少しわかちて来たる娘ゆゑ嫁ぐといへば酸ゆし苺も

船上の人も鷗も数刻を受難のごとき茜に染まる

これの世をいでゆくごとき観覧車のぼりつむれば天の夕映え

わが腕の峠にひとときき過したる野の蟋蟀の片あしとれて

きりきりとごみの袋の口結ぶましてて霊などつき来ぬやうに

女童の黒き前髪揃へゆくゾルゲン鋏ときに鋭し

ほろほろと小さき口にみどり児の見えぬ秋霊呼ぶごとききこゑ

じゆうたんの上にころがるデスマスク見下しざまの夫の寝顔《いねがほ》

陸奥の雪の小路に立つポスト送る恋詩《うた》ひとつ吹雪けり

四十九歳等身大の芭蕉像小柄なりしか孤独なりしか

月山《ぐわつさん》を見むと来たれど方位なく吹雪けばつひに幻の山

白毫《びやくがう》のひかりさしくる夕岸に青首大根洗はれてをり

洗朱《あらひしゆ》の月に向ひて帰りゆくふるさとは甘き蜜の匂ひす

銀鼠の海に掠めて声に鳴く歌のかけらの白きかもめら

白木蓮の落花銀泥あゆみゆく亡父かしれぬうたかたの夢

霊魂がぶらさがりゐる秋天の郁子《うべ》のうれみに誰もふるるな

ぬぎ捨つる藍色の紬さやさやと三千粒の山繭揺るる

相聞の歌なきままに教師妻町に一尾の魚買ひにゆく

飯《まま》とよぶははがことのは冬の夜はやさしくひびく一椀の飯

海波に脳《なづき》小さきゆり鷗ものにつかざる軽さに浮ぶ

底ぬけの五右衛門風呂の縁に立ちをんどり二羽の相聞のこゑ

山おろす風に蜜柑の花の香の濃密も浴ぶ夜のあゆみに

現身の胴しめてゐる濃紫ひもの一打のなまめく春夜

湧水に春やはらかく芹を摘む運命線もしとどに濡れて

「生きてゐても」嘆きの一語いふ姑よ九十四歳晩年の鬱

ひきしほが干潟の窪に残したる海の泪のごときが澄めり

海抜0メートルの父の畑なすびの花の点すむらさき

父よ父ただ一本のりんご樹の青実に今朝は朱の入りてをり

養ひの父が一生《ひとよ》の淋しさを渡せる畑の白百合の束

哀愁の風を鎖骨にうけとめて綿シャツの衿開きてあゆむ

廃船の胸の穴より入りてくるぼこぼこと過去世の潮《うしほ》

野の芥子も火焔とならむ夕まぐれルイ王朝
の風が発ちゆく

生き生きと回転木馬に巡りゐる幼とわれと
いづこに向ふ

今朝もはや外套の衿たててゆく夫を見てゐ
る玄関の把手《のぶ》

底あさき皿に真水を満たしては今宵野天の
星を浮かべむ

フライパンにウィンナソーセージにげまど
ひ詩論に遠く今日も暮れゆく

あきらかに風の盆地に棲みつきて聖なる塩
を甕に満たせり

左胸には白きブーケを挿しゆかむわがさび
しさの紋章として

秋灯に写楽の貌のゆがみつつまつりの夜の
神輿過ぎゆく

落日を照準としていとけなき児が踏みてゆ
く緋の三輪車

抱きあぐる姑《はは》の軽さや菖蒲草犯さぬほどの
風が過ぎゆく

性別の未だ解らぬ胎児など透きくるごとき聖夜のランプ

さみしさみし幾万回も呟きし姑《はは》の舌根こごれる未明

磨り下ろす白首大根自らの半透明の液におぼるる

橘の花の香みつる夕闇をわがとこしへの村と呼ぶべし

末黒野に音なく春の雪つめば創《きづ》のごときが見えはじめたり

村男紙にかきたる地図の上春の三つの橋が架《か》かれり

これもまた春夜の枢明日運ぶ古きピアノの鍵をぬぐへば

傾けば響りいださむか春泥を黒きピアノが運ばれてゆく

泉湯も八百年の朝ぼらけ湯屋の湯舟に口までつかる

『火の国』（抄）

窓開けて我に手を振る母よ母こよなき命われも手を振る

ありありと刃あとが残る吊し柿軒に連ねて生き継ぐ村は

麦稈の白く乾ける刈畑を通り抜けゆくわれと野の風

生きゆくもいはば百年命運も野薊ほどに風に吹かるる

庭樹木の自づと落す枯葉屑掃き寄せ掃きよせ晩年は来る

海山へ向かへば青きふるさとは母胎のなかに浸るごとしも

飛機の影アジア大地に淡く曳き愁ひははるかウルムチに飛ぶ

国境を越えてゆくのか夕映ゆるゴビの砂漠に黄の蝶が翔ぶ

花柄のモスクワ産の木綿布目深にかぶる日除け砂避《よ》け

敦煌の美しきは何と尋ぬれば「佛《ほとけ》」と一字余白に書けり

鳴沙山の砂の流線狂ふなく駱駝の背《せな》に揺れゆく旅は

トルファンの葡萄棚の下歩みをり今私は古微笑もちて

照り翳るポプラ並木路ゆるやかな時間《とき》の流れを驢馬が走れり

明けやらぬ成都に会ひし仲秋の満月見むとわが窓に倚る

不穏なる戦火のなかに生まれ来て螢火ほどに生くるかこの世

古代米赤き穂立ちも出揃ひて肥州山鹿の風に揺れをり

立ちあがる枝ぶり見せし更紗木瓜甕に挿したり夫七回忌

あるがまま生き来て終のひとりなり萩を揺らして夕風が吹く

茫々と螢見に来て水の辺に玉三郎とすれ違ふ闇

八月の熱き広島駅に佇つ呼び寄せたるは亡き父なるか

炎暑また影も疲れてまぼろしの輜重兵《しちょうへい》なる人らが歩く

家庭とふ蜜月の日々短くも何思ひしか戦場の父

朝靄のビルのあはひをいでてくる八月六日の赤き太陽

夏の日の原爆ドームの前に佇つ六十三年目の命の旅か

晒したる原爆ドームの鉄骨を鳩が飛び発つ風がいで入る

入日さす爆心地辺さまよへばここに流氓の思ひはきざす

夏の日に献花は壊《く》へて匂へども神はひそかにほほえみ賜ふ

折り鶴は七重に八重に畳なはり世界平和を叫ぶ青草

夾竹桃の花のさかりを手を伸ばし希求のひとつの鐘叩くなり

橋わたり風に吹かるるわれもまた命波たつ一本の川

四方山に白雲たつも殺戮の黒雲などはふたたび立つな

葦平に戦場の父しのびてはふたたび春の河《か》伯洞《はくどう》に来し

やはらかき頭にをれよと母がいふやはき頭とはどんな頭か

街角に人待ちをれば額髪にゲランミツコの風が吹き上ぐ

火の海の揺れゐる果ては彼の岸か円舞優しき燈籠踊り

青春は哀し遙けし鳳仙花もてば十指の爪が息づく

われもまた有明海が育みし一人にして夢見る魚か

指ながきふたひらの高爪に血豆点るを蕗子は示す

あら玉の年に夫が口にせしこの世最後の鄙《ひな》の白餅

哀しみの枷負ふならず冬の日に赤きリュックを背にしてゆくは

穂芒の風にさわだつ冬河原千里見透す鳥の目欲しき

火の国に浄らに雪の降り積めば漣《さざなみ》こころ叩くものあり

倖せの象《かたち》に夕べ雛の日は心ばかりの桃の花買ふ

風冽《きよ》き夏の記憶に逢ひたくて夫が赴任せし阿蘇谷越ゆる

一山の神を隠して火の国の雑木の芽吹きに向かひてあゆむ

マスクして母へと会ひにゆきたれば貴女は誰かとしみじみと見る

「もうよかたい」昔々の些事などは語らぬ生も母にあるべし

一九八〇年岡井・塚本の胸に華つけしは誰か秋のくまもと

蚕らのこゑもきこえむ久びさに春の衣を着て華やぎをれば

『霧のチブサン』（抄）

虹見れば千々に思はる秋の日の海峡越えてゆきたりし恋

若草の布にて抱けば白うさぎ　杳か胎動のごと蹴り上ぐ

時雨降り霧のまほろば野菊咲き大観峰は雪に近づく

放牧の馬の幻影美しく霧に現はれ霧に消えゆく

散りぬべき時知る秋の白さうびいく重かさねて花びらは反る

柚酒にて酔ふも囃さず戯れに山の神とぞ呼ぶ人もなし

カルデラの闇の器に覚めてをり貧しく切なき戦中生まれ

風塵は草木しづめて聚落の灯は結晶のごとく光れり

天地はや夜闇のなかを一睡の山の端明かる降臨やある

土壁に阿蘇の赤牛・仔牛みえ日干の草をしきりに食ぶる

トルファンの葡萄ひと粒口中に噛めば滴ることばは泉

昭和史の不穏なる時父の手がわが名描きたる出生届

大戦の欠落あれど一人の鍋を磨きてことなき日暮れ

あかあかと阿蘇の大地の夕闇に神の裳裾の野火が展がる

おほいなる夢の違へに金婚はひとりやさしく仏具を拭ふ

生も死もひと世のことに芹匂ふ水の惑星に螢とぶなり

闇に浮く金灯籠《かな》の千の火が風の盆地に神さび揺るる

草の蔓天より垂るる渓谷に千年ひそむ魚のごとをり

父似とて父を知らねば一枚の戦闘帽の写真は大事

今はただ泣くことさへもはばかる霞のごとき師の手を握る

生きて負ふ秘めごともあれ運命は菜種雨降る橋わたりゆく

敦煌の美しきは仏といふ人よ奈良は観音の花びらの指

生きのびて「水に浮かべるオフェリア」の憐れの表情誰が為にする

誇り高くひまはりは咲く原発はいまだ終りを告げない国に

天凛の雪被《かがふ》りて横たはるアレクサンドル三世橋が

永遠の大河を前に雪炎を抱き合ひつつパリに抒情す

ふたたびの裏街通り映像はノートルダムを背後に入れて

光と影踏みたるわれら異邦人モンマルトルの追憶の坂

橋わたる木の感覚も忘れねば靴底に秘む黄昏のパリ

藍いろの夕ぐれ湿る石畳　肩寄せ合ひて人は別るる

月光の青き雫に響き合ひ流離の鴨が水面を動く

愛の片《かけら》　探して歩く煌めきのリュクサンブルグの花の公園

逃れたる時の網目に捕へられ青く息づく蝶の幻

わが生のいづこあたりか色褪せず薔薇窓君と視しことさへも

君が描く仏蘭西《フランス》の野の雛罌粟《コクリコ》がルイ王朝の火焔とならむ

ひとつ根に蓮の浮き葉のひかりゐるジベルニーの緑陰の池

戯れの言葉交はして過ごしたるキャフェテラスこそパリの文化

できるなら更紗の着物着て汝とシェーヌ河畔を生きて歩くも

天空のエッフェル塔に雲流れ　鉄の骨格夕映えに反る

小中英之は合歓の花影・わが夫は桜花影魂
遊びせむ

もの書きて夜の炬燵に愁ふればわれはこの
世の風の置人

新年の詠ひはじめの一人居に夫の人世のガ
ウン着てゐる

夜々の靄・霧・霞・風を味方にし命明るむ
虹に会ひたし

木に立ちて木となりてゐる西空の庭師の鋏
夕映えを切る

つる薔薇の翳が障子に揺れ出すを旋律とし
て朝を目覚むる

連嶺の蒼きを見つつ帰りゆく秋灯いまだし
鍋底の街

神域に市の花木犀散り敷きて金の烙印夕映
えに押す

五十年山鹿住みなり神秘なる古墳に向かふ
運命のごと

いくたびも夫と来たりし双子塚　草の無門
の原型とどむ

ひとり棲み十三年も過ぎたれば霧も霞も身に添ひてくる

猿坂をのぼり一の谷・二の谷と折り返しなき天道遙か

椎の実にどんぐりこもごも踏みてゆくこの先霧の獣道あり

菊池川流域にして美しきふたつ乳房の紋様古墳

杖つきて這ひつくばりて逢へたるは霧のチブサンの神力なるか

切り株の黒き年輪に腰下ろす千年が過ぎ千年が来る

赤とんぼふともこの身に止るゆゑ草ともなりて荒涼と立つ

青草のチブサン古墳の鳩尾に仏陀の声のきこえて来ぬか

彩つきし柿の葉一枚拾ひたりわが幻影のまほろばの里

シェーヌ河のほとりのやうなキャフェテラス坂街に欲し夢や語るに

皓皓と十三夜月天海よりチブサン古墳照らすか今宵

青白き夕空かぎる電線の線路の果ての天涯の駅

運命を決めし手紙の一束《つか》が箪笥の底に今も息づく

次の世を「希望」とふ文字授けたる僧侶と桜の夫の命日

梁太き農家の座敷に棚かけて晩晩秋蚕飼ひし舅姑《ちちはは》

さわさわと春蚕《はるご》が桑の葉喰む音をききし夜のあり襖へだてて

桑の実の濃きむらさきに口汚し山かけあがりし昭和の子供

垂れさがる幽鬼のごとき青藤にこころゆられて林道走る

春の雲動く天空桑園に植樹の桑の淡淡と盛る

開拓の人ら拓《ひら》きし西岳なり夢をつなぎて桑の葉太れ

赤土の無菌が育む幼木の桑の新芽に淡黄の
花

願はくば生きてるうちに薊色の山鹿シルク
の軽羅まとはむ

雑木々の上にいでたる天日の白む時間を山
頂にをり

三日月と金星の位置並びたり　かく煌きし
山形の夜も

流星や　父の軍服の一写真　寡黙に語る戦
争は悪

喪ひし時の原郷とりもどす天空桑園この空
尽きず

歌論・エッセイ

黒きスカーフ

文学とは何か。一言でいえば、「細胞」という人。「指針」という人。十人十色の文学観があるはずである。

一枚の白紙の上に、言葉のかがやきを書き付けるとき、至福のように私を充たしてくれる短歌、三十一文字を表現の手段としてきた。

一九九七年八月、私は祈りの旅をしていた。第十六次戦跡慰霊巡拝団は、戦没者の遺族と若干の生還者からなる十七名であった。父の終焉の地パプアニューギニア国ブーゲンビル島は、政情不安のため渡航できず、ラバウルにある南大平洋戦跡記念碑で最後の慰霊祭は行われた。ラバウルは、一九九四年に起きた二つの火山による火砕流で、道路は大きく陥没し、火山灰に被われ、漆黒の闇を走らせていた。

供物で膨れあがった白い布袋を下げた一団は、それぞれの思いの中で寡黙であった。慰霊塔の石のテーブルに祭壇を設け、家族から託された供物を並べていたとき、遠く市街地から吹きあげてくる砂塵混じりの疾風に、私の首に巻いた黒い喪服のスカーフは一瞬にして消え失せていた。周辺、谷に傾く椰子の木の何処の陰にも見つけることはできなかった。

葬られし沙中の父の手が呼ぶか風に失せたる黒きスカーフ
一兵の父の命をつなぎたる椰子の雫を飲み干しきれず

私は、半世紀以上をかけて父に会えたと思った。冥福を祈る慰霊式のなか、一瞬にして摑む短歌定型を有難いと思った。

短歌によって慰籍を戴き、人生における神の許しをいただく、文学は私にとって「祈り」のようなものであろうか。これからも自然に相向き、短歌ときり結ぶ生活でありたい。

喪の黒いスカーフは、私にとっての第二次世界大戦の具象として、父と私の絆として今も南島の風にかがやき、私の脳裡にある。


（「熊本近代文学館報」二〇〇〇年三月一日）

風生《ふうせい》の歌

新しい年の此岸《しがん》に今も忘れられない旅がある。

戦後も五十二年たった頃、熊日新聞紙上で、「第十六次戦跡慰霊巡拝団最後の旅」の見出しを見つけた。今まで私の中で封印して来た父への思いが、いっきに湧き出るように、「父に会いたい」「父がいたから今の自分がいる」「今行かねば、いつ会えるかわからない」と、八日間の慰霊巡拝への参加を決めた。

一七六八年、フランス人ブーゲンビルが到着したことで命名されたソロモン諸島最大の島ブーゲンビル島は、政情不安のため、その時は渡航できなかった。パプアニューギニア領ブーゲンビル島一帯では、太平洋戦争末期、日本軍が貧弱な装備のなか米軍の猛攻撃と飢えに苦しみ、戦死者も二万一千人と続出し、墓島と呼ばれた。

平成九年八月二十三日、第十六次戦跡慰霊団は、戦没者の遺族と若干の生還者からなる十七名は、夜の十時、関西空港から七時間飛行ののち、パプアニューギニアの首都ポートモレスピーに着いた。

私たちは、セスナ機のチャーター便で、眼下に広がる密林を見、小船二隻で、一隻は荷物、一隻は慰霊団が乗り、波荒いソロモン海を渡った。

最初の慰霊地アルンデル島には、スコールが激しく降るので下りられず、チャーター船上での慰霊祭となった。この旅を企画してくださった小泉正幸団長手作りのアルンデル島の碑を建て、当時の福島知事、三角市長から寄せられた小さな花輪が二個ずつ並び、好きだった米、酒、甘いものが並べられての慰霊だった。その後雨も止み、コロンバンガラ島には船からゴムボートに移り、慰霊の墓碑に、それぞれ祭礼のものを持ち、海石をとびながら島に上陸した。そこには頭蓋のような椰子の実が私達を五十年待っていたように、いくつもころがっていた。人が住んでいない孤島は当時のままで、岩肌に打ち寄せる波音を、父の声とも、兄の声とも、戦友の声とも聴いていた。

一兵の父の命をつなぎたる椰子の雫を飲み干しきれず

長さ五十メートルはあろうか、キゾ飛行場からガダルカナル島の日本人が作ったホニアラ空港にいく。西部戦跡巡りでは、「飛行機の博物館」を見るというので行ってみると、名ばかりで、夏草の茂るなか、いまも残る飛行機の残骸が、雨風に晒されていた。あまりにも小さな日の丸の飛行機が無惨で、まさに飛行機の墓場だ。

サボ島の見えるソロモン海に向かって、膝を折り、「お父さん、父ちゃん、おやじ」男はありったけの声を出し、思いのたけをのべた。戦艦「霧島」の沈んだところだった。

ブーゲンビル島をはるかに望むラバウルにある南太平洋戦跡記念碑—兵士の遺骨が安置された礼拝堂

—で最後の慰霊祭は行われた。ところがラバウルは一九九四年に起きた二つの火山による火砕流で市街地のほとんどは消滅していた。零戦が離発着した飛行場跡も司令部跡も火山灰に埋もれていた。

風塵舞うなか、二歳の時に出征し、遺骨も帰らない父に会うため、私は黒い喪服を着て身一つは華やいでいた。道路は大きく陥没し、漆黒の闇の深淵が見えた。

山間に建てられた慰霊塔だけは、かろうじて残っていた。石のテーブルに祭壇を設け、家族から託された供物を並べていたとき、遠く市街地からの砂塵混じりの疾風に私の首の黒いスカーフは消えた。父が来たのだと直感した。

　葬られし沙中の父の手が呼ぶか風に失せたる
　　黒きスカーフ

父の軍歴には、昭和十九年十二月四日、午前三時四十五分、栄養失調症により、ブーゲンビル島第六師団第四野戦病院に戦病死、陸軍伍長とある。

　からん　ころん昭和を歩む下駄の音父と娘の
　　時間があつた

（「熊本文化」二〇一三年三月一日）

大会印象記

久々に旅に出る。それも「未来創刊六十周年記念大会」がある東京に。一年前には思ってもみなかったことである。

「未来」という結社にまだ何となく馴じめぬままに（入会一年目）、開会には間があるので、大会会場近くの日比谷公園に行く。節電のため噴き上がらない大噴水の前で、宙をとぶ白蝶、黒蜻蛉の優雅に光を運ぶさまを見て一時間程を過ごした。

十三時　如水会館の会場はすでに満席であった。壇上の金屛風を前に岡井隆、穂村弘氏が向い合い、「岡井隆に聞く」はなごやかな雰囲気の中ではじまる。絵になるなあ……。

聴き上手の穂村氏に、少年の頃、自分の部屋に六十三歳の大歌人斎藤茂吉が浴衣を着て昼寝をしていたエピソード。短歌をやっていなかったら北里研究所の医学の研究者にたぶんなっていた。人間がいなくなると、塚本、近藤、河野の死のそのたびに自分は頑張る。「未来」というところは、文学的意味では、戦い合う場、それがなかったら「未来」はない。印象に残る言葉の束。魅惑する岡井節。常に前進する力強い精神力に会場は酔った。

十四時半　「ニューウェーブ徹底検証」〝ライトバース／ニューウェーブの時代〟でのシンポジュームのぶつかり合いは、何も決着がつかないのが本当であるが、超結社のパネリスト、川野里子、斉藤斎藤、石川美南、加藤治郎、田中槐、荻原裕幸（司会コーディネーター）氏の現代短歌の騎士達の輝く若さに魅了される。

十七時半　祝賀会は招待者との交流の場となり、岡野弘彦、佐佐木幸綱、高橋睦郎、小高賢、阿木津英氏他総勢三十四名の高名な歌人達と未来会員二一二名で会場は熱気で圧倒されるばかりである。

宴も酣という頃、見ると岡井先生は壇上で挨拶をされる来賓に、姿勢正しく、笑顔で接して居られる。隅では鍋に油が芳ばしい匂いを立て、食欲を誘った。私はとっさに白い皿を持ち、揚がりたての海老、鱈に茄子、南瓜の野菜を乗せ、割箸を揃え、人の間を縫って、岡井先生に「はい」と差し出す。先生は「おおー」と受け取られた。たま（食物）込めをしなければ疲れられる。咄嗟の行動であった。

この時、確実に私は「未来」の会員になっていた。遠く垣間見たことではあるが、先生が一箸付けられた。

この会の白眉は何といっても岡井先生の朗読（朗詠？）であった。

しんとして昏がりを出て帰るときあした行く
東北がもうそこに居た
その夜があしたは朝を生むのかもわからない
雨の道を歩いた

最新の「未来作品」から自作数首を詠まれるに、会場は一瞬鎮まり、改めて現代短歌界の大きな存在である岡井隆の風格に感じいる。

十時　二日目は朝から「未来七月号」の出席者全員の一首作品評。共に評をされる岡井先生が途中でお疲れの為退場された。閉会に見えなかったのは何とも淋しい。浴衣を着て昼寝されておればよかったのに……。

三月十一日の東日本大震災のあとも悠久の時の流れに何ら変らず、「未来誌」を発行し、「未来創刊六十周年記念大会」を立派に開催された「未来」の層の厚さに驚異と感動を覚える。

大盛会に終った「未来創刊六十周年記念大会」は私に多くのものをもたらした。心から感謝!!　感謝!!　遠い蟬声が今も耳にきこえてくる。

（「未来」二〇一一年一一月号）

崩壊への美意識
——築地正子歌集『鷺の書』

『鷺の書』は築地正子の『菜切川』につづく第三歌集である。

本集の背景となる長洲町永塩は、有明海に南北に長く突出した洲上に古くから発達した地。菜切川左岸の台地に位置する。

もう二年ほど前になろうか。ある偶然のことで築地家を訪れたことがある。無辺の空から舞って来た白い鳥の羽毛、生垣に赤く熟れた茱萸の実、路上に無機質めいて干反る蛇の黒さも、初夏のひとときを共存した時間の巾として新鮮に思い出される。

翔ぶ鳥はふりかへらねど廃船は過去の時間を
　載せて傾く

過去をふり返ることなく生きる鳥に対して、作者が重ねて来た年月の何とも激しく、変化に満ちた時間であったことか。空洞の船体には——虚無、孤独、修羅、至福、愛、風——など溢れて、歳月の重みに傾くのである。

「廃船」をとらえて、崩壊への美意識を象徴的に詠んだ作品である。時間を詠んだもので、

球ふとる玉葱畑のもぐらみちたどりて始めに
もどる
何もかも肯定するごと月光は石に射しゐき香
りたつまで
芦の芽を醒まさむ風と思へるにしばしばもわ
れを追ひ抜く時間《とき》は

著者が一集の命題とした〈老〉、〈老いる〉とは、過去の時間を増やしながら存在することである。悠久の時間と交叉するほんの一雫にしかすぎぬ人生。ただ一瞬を光り、輝き、消えてゆくもの、だから一

層、激しいいのちの決意をみる。
世俗の煩雑を断ち、一定して変らぬ孤高のなかで、自然との共存に限りない愛惜の思いをよせる著者の、ふっと垣間見せる生地〈東京〉への熱いこだわりが、集中バランスよく表出して、著者の歌の世界観を広げている。

肥後に死なむ心をゆする阿蘇しぐれ今更なぜに〈東京〉なのか
みづからの心暖むる火をもたず歌をさがしにゆく秋の旅

また、本集は、八つの章の扉に〈鷺〉の歌を効果的に置き、一コマの映像を見るように、名題〈鷺〉を印象づけて、著者の志向を読ませる。

しなやかに青芦原に降りしもの小鷺と名付けし人を許さむ
みづからの原風景をさがしつつこの冬川にきたらむ鷺か

いま、田畑のいたるところで、飾り羽をよそおった鷺をみる。繁殖期の鷺であろうか。薄暮の風に佇ずむ鷺は誰かの化身のように美しい。鷺のもつ白さを紙上に降ろしたことで、歌集に清冽な色感を与えた。

紡ぐ抒情の淵に、真摯なまでに自らを律しいまや豊かな境地を摑みとったうた人の軽やかに謳う出色の作として、

白鷺の水に素書きのいろはうた描きて消してただ春の川

いま、切実に、菜切川の青葦の間をあゆむ小鷺に会いたい思いに駆り立て、生きることは時間との戦いであると、詩魂の限りを見せてくれる一集である。

（「梁」三八号、一九九一年七月）

解説

『漂鳥』のうた
――富田豊子歌集『漂鳥』

小中英之

まず歌集『漂鳥』には、一瞬、虚をつかれた思いのする歌がある。それは思いがけぬところで思いがけぬものに出会った、といった感じであって、とうぜん、そういった歌からは著者の詩想までがみえてくる。

望郷はときにやさしくくるものか眉なき魚が皿に並びて

雨に濡れ乾きゆくときゆくりなく写楽の貌のごとき庭石

告別の匂ひを放つ卓上のざぼんひとつがみづみづとあり

ふかぶかと水甕の餅拾ふとぞま昼ま水の闇動くなり

うす青く霜は菜畑に発光す夜明けの葱を摘むとすれば

風立ちて霧にぬれたる戸口より紙やはらかき小包来たる

ちょっとアトランダムに抄出してみたが、いずれも虚をつかれた思いがしたからである。といっても、これらの歌がことさらに奇をてらっているわけではない。むしろ一つの物の存在から惹き起される感覚の変化にそいつつ歌っているにすぎないともいえる。しかし、おのずからその過程において、一つのイメージも変質していくことはありえるであろう。「庭石」が「写楽の貌」のように見えてくるまでの変質の時間、すなわち「雨に濡れ乾きゆく」過程における心理の動きがおもしろいのであって、いきなり「写楽の貌」に虚をつかれたというのではない。その過程があってこそ、「写楽の貌」の発見にたどりついた、と読む。「ゆくりなく」はそれを示す。また、「水甕の餅」の歌についていえば、「ま昼ま水の闇動くなり」が、おもしろいのではない。「水甕の餅」は、とうぜん「水甕」の底に沈む餅、たとえ「ま昼」の「水甕」の「闇」といえども、ほの白く見えるのではないか。それゆえに「ふかぶかと」「拾ふ」ということになる。手さぐりではない。そのとき「ま水」が動いたのではなくて、あくまでも「闇」が動いたと感じるのは、「拾ふ」姿勢とともに、一瞬、不安定な心理状態になった、と読む。このように読みたくなるのは、やはり思いがけぬものに出会ったことを、もういちどたしかめたくなるからであろう。「眉なき魚」「うす青く霜は菜畑に発光す」「紙やはらかき小包」「告別の匂ひを放つ卓上のざぼん」、いずれも思いがけぬものに出会った感じである。こういった発見、そして表現となるのは、ふだんから物の存在をいろいろな角度から探る意識がつよいからでもあろうか。とすれば、ずいぶんと苦しい営為の果ての表現といえるかもしれない。

言問はぬ樹木みてゆく五時間余わが感傷の淵がさはだつ

ドラム缶の縁《へり》にそこばく溜りゐる雨水を時に風が吹きゆく

壁ぎはの鏡の縁《へり》をゆっくりと今日の夕日の消えてゆくなり

寒薔薇の花にもふかき淵あればやはらかにして匂ふ花びら

かりそめのごとく近づく死もあるや病舎の縁《へり》に憩ふ鳩群

感情の充ちゆくときぞ牛乳は鍋のへりより泡立ちはじむ

どれも「淵」もしくは「縁《へり》」に目は向けられていて、さきの歌よりもいっそう対象すれすれまで粘りのつよい歌である。そして「淵」といい、「縁《へり》」という言葉には、物の輪郭をくっきりと浮き立たせるとともに、そこには微妙な転機をふくむような感じもある。それゆえかこれらの歌のきわやかな息づかいを感じさせる表現の背後には、ある種の暗部があるのではないかとさえ思いたくなる。それはなにも人生の実生活においてのことではなく、無意識であれ、精神的に断念したことへの未練ともいい換えるべきか。いずれにしても孤独の表現である。

　しかし、そういった半面、自然な環境に身をゆだねながら物を見ている眼もあって、みずからの詩想をやわらかくつつむ。

夕暮れを野苺の花手にかかげ野仏のごと童子《わらべ》らは来る

帰るとも往くともつかぬ橋の上野の花下げて人はすぎゆく

村なかの何処へゆけどたちばなの花の匂ひのやむことはなし

早苗饗の魚を炒きゐる厨房ゆいまだ見えゐて人は田植す

屋根の上に飯を干したる家ありてなほつくづくと日は照りてをり

廃船もともに軋みて夕ぐれの港湾しづかに生動はじむ

　こういった歌い方をおろそかにしないところに日本の文芸は成り立っているともいえよう。それがたとえ一面であっても、ことさらに自虐をもとめて窮屈にならず、いずれも視線を伏せていないのがうれしい。正直にいえば、いま病み上がりの私にとっては、「早苗饗」の環境、ずいぶんと健やかな歌に見えてくる。それでも「たちばなの花の匂ひのやむことはなし」には、ふと怖ろしさを感じてしまう。よく読めば、明るい歌とはいえない。

　初めに、歌集『漂鳥』には、虚をつかれた思いがして、さらに「淵」の歌を読み、いま視線を伏せていない歌に心ひかれたが、以上のことをすべてつつみこむように歌っているのは、次のあたりか。

もみ殻は堆《つか》のごとくに積まれゐて誰か小さき火をつけに来る

霧生るる分水嶺を越えてゆく鳥たちまちに漂

ふごとし
晩秋の風に吹かれて永遠にあゆみ去ることありや人にも
立てかけし梯子が空に伸びる夜かひそかに傾ぐ冬のオリオン
一つ家に遠雷を聴く切なさもその余のことも言はずひと冬

これらに「草莽の思ひしきりに湧く日にて時無大根引く夕まぐれ」「晩秋の風に光りてとぶ落葉漂鳥のごと人家を越ゆる」「荒縄を曳きて中洲にぬきたちし碇もさびて十字を組めり」を加えようか。

いずれにしても「草莽の思ひ」の歳月の歌群と読めば、「漂鳥」への思いを、さらにひたむきに歌いつづけていただきたい、と思うのみである。

（「梁」二八号、一九八七年一二月）

折々のうた

大岡　信

遺骨さへ宅急便で届くとぞ空恐ろしきことも聴きをり　富田豊子《とみたとよこ》

『薊野《あざみの》』（平一六）所収。この歌は歌集の中に関連する歌もなく、一首だけぽつんと置かれている。われわれ人間が「便利」を追求してゆくだけなら、早晩こういう「空恐ろしき」ことも当たり前の現実になってしまうだろうという暗示の歌なのかもしれない。作者の人生観が格別暗いとは思わないが、たとえば次の歌の上《かみ》の句の泣かせ所は考えかたの暗さにある。「黄昏《たそがれ》が黄泉《よみ》へとつづく時の間《ま》を一輪車漕ぎ児《こ》は遊びをり」

（『折々のうた』岩波新書、二〇〇五年一一月刊）

「生死」を鋭く鮮やかに
——富田豊子『薊野』

伊藤一彦

『薊野《あざみの》』（砂子屋書房）は熊本山鹿市に住む富田豊子の第三歌集である。「生死」と題した一連の冒頭の作を引く。

テレホンカードのなかの秒刻消えてゆくさびしき一語言ふまへにして
源流も終末も見えず一条の川の鼓動が白霧に響く
遺骨さへ宅急便で届くとぞ空恐ろしきことも聴きをり
雨あとの路上に潤《ほと》ぶみみずらの死の形象といふもくれなゐ

『薊野《あざみの》』一巻の中にはやや饒舌《じようぜつ》な表現も見られるのであるが、これらの作に余分のもの言いはない。一首目、「さびしき一語」をためらいつつ言えないさびしさを上の句がリアルなものにしている。二首目、響きだけが聞こえる霧の中の川を「源流も終末も見えず」と歌って象徴性を与えている。三首目、上の句で事柄だけを示し、下の句も感情をむしろ抑えて淡々と歌っているところに逆に訴えがよく出ている。四首目、「死の形象」などという観念的な言葉を一首の中に生かすのは容易ではないが、作者はこの歌の中では見事に使い切っていると思う。「みみずらの死」を荘厳《しようごん》しようとした作である。

右の四首のどの歌も「生死」を鋭く鮮やかに歌っている。そしてこの四首に続いて病気の夫、その夫の死を歌う作品が出てくる。つまり、夫の生死に付きあう心が右の秀作を生み出させたのである。病室の夫を歌った二首を引く。

高窓に淡雪が降る死に近き夫と吾《われ》とが水のごとしも

饒舌な風など吹くな消灯の九時を守りてまなこを閉づる

（「朝日新聞」二〇〇四年一一月二一日）

父への慰霊、夫への鎮魂
――富田豊子『薊野』

山埜井　喜美枝

南島に戦死した父の慰霊の旅、共に生きた夫の看取りそして死に遭遇しての作を核に、心の動くままに成した九六年（平成八年）以降の、三百七十七首を収める第三歌集である。

一行の遺書の帰還もなかりしよ父を思へば蟬が啼きたつ
熱砂とも流沙ともなく拾ひ来し南島の石骨のごときを

戦後はや六十年になんなんとしている今も、亡骸はもとより、骨の一片とすら対面かなわぬ人は少なくない。かなわぬまま他界した人もまた同じである。死者の魂鎮めは、自らの鎮魂でもあることを次の一首はしらしめる。

ほつかりと夫を失ひ父も亡しいんげん豆の花は白しも

往古この豆を遠国からもたらした人の心も窺えて、絶妙の四、五句である。

夕闇を押し展きたる野ぢからに藪萱草の花はひらけり

なりゆきにまかせてをれば畑を這ひ梅が枝のぼり南瓜は太る

夕立のあとをふつふつ煮えてゐるただ一椀でよし蓬粥

梅と南瓜の雅と俗に心慰められ、野のちからを得ながら孤りに耐えて咲かせる花を待ちたい。

（「読売新聞」二〇〇四年一一月二六日）

肥州山鹿の風

――富田豊子歌集『火の国』

恒成 美代子

二〇一〇年「未来」に入会したばかりの作者の第四歌集である。一九七四年「椎の木」に入会し、安永蕗子氏に長く師事していた経歴をもつ。

タイトルの『火の国』は、熊本の山鹿にお住まいの生活と自然の中から生まれた歌に寄せる愛着の所以であろう。

ありありと刃あとが残る吊し柿軒に連ねて生き継ぐ村は

麦稈の白く乾ける刈畑を通り抜けゆくわれと野の風

古代米赤き穂立ちも出揃ひて肥州山鹿の風に揺れをり

刃あとが残る吊し柿、麦稈の白く乾く刈畑、古代米の赤い穂立ちと、農村風景が色彩感豊かに描写されている。在所に寄せるいとしみは「風のこゑふと聴きたくて橋わたるわれの山河に白鷺が翔ぶ」とも、うたわれ〈われの山河〉の言挙げが快い。

　窓開けて我に手を振る母よ母こよなき命われも手を振る

　立ちあがる枝ぶり見せし更紗木瓜甕に挿したり夫七回忌

　マスクして母へと会ひにゆきたれば貴女は誰かとしみじみと見る

　集中の家族詠は、四十年間連れ添われた亡き夫君を偲ぶ歌や、この時期、九十五歳の母の看取り、そしてそののち死までの日を、一日一首の歌を筆で書き送った三百七十五首の中から選んだ百首が収められているⅢ章の「母への抄」がある。

　一首目、「我に手を振る母」のいのちを思い、相和すように懸命に手を振る作者。二首目は「更紗木瓜」の花の名前が心憎い。

　三首目はマスクのせいかも知れないが、「あなたは誰か」と問い、しみじみと見る母親のまなざしまで彷彿とさせる一首で、哀切である。

　うたわれている身めぐりの人は限られている。対人関係の歓びも確執も隔てた位置に身を置いている。そのことがより自分の気持ちを清浄に保つことができるように思える。従って歌はおのずと自身のいのちや生に収斂してゆく。

　生きゆくもいはば百年命運も野薊ほどに風に吹かるる

　庭樹木の自づと落す枯葉屑掃き寄せ掃きよせ晩年は来る

　あるがまま生き来て終のひとりなり萩を揺らして夕風が吹く

　一首目、平均年齢が現在では女性は八十七歳位か、長く生きてもせいぜい百年だと認識する作者の悟りが潔くもある。颪に吹かれる野薊のように、命運さえ果敢無い。

二首目、庭の樹木は芽吹きから若葉の頃そして、紅葉とさまざまな様相を見せてくれ、作者を楽しませてくれたのだろう。晩秋になれば自ずと葉を落とし、地面を覆う。その枯葉屑を掃きながら、枯葉の終焉を思い、自身の晩年に思い至るのであろう。

三首目、「あるがまま生き来て」と言えるのは、ある意味では幸せなことだ。「終のひとりなり」の断念も、決意であり意思表示ともなっている。

火の国に浄らに雪の降り積めば漣《さざなみ》こころ叩く
ものあり

〈火の国〉熊本、雪はなにもかも包み込む。心に漣がたち、その漣が歌の雫になる。

（「未来」二〇一一年五月）

表現の確かさ

——富田豊子歌集『霧のチブサン』

伊勢方信

著者は、景行天皇九州巡幸伝説が起源とされ、毎年八月十六日を例祭とする山鹿灯籠祭りの地に住む。

カルデラの闇の器に覚めてをり貧しく切なき
戦中生まれ

大戦の欠落あれど一人の鍋を磨きてことなき
日暮れ

歌集の冒頭近くに置かれた歌から。一首目、阿蘇外輪山の内側にある温泉地に泊まったときのもの。カルデラの外に住み、カルデラの内に覚めたとき、戦時下を過ごした幼少期の貧しさを、今に引きずっている生き方を強く自覚した。二首目では「大戦の欠落」が効いている。共に、一集の序として、現在の自画像に近いと思われる。

あかあかと阿蘇の大地の夕闇に神の裳裾の野火が展がる

闇に浮く金灯《かな》籠の千の灯が風の盆地に神さび揺るる

一首目は阿蘇山麓の雄大な野焼きを詠んでいるが、阿蘇神社との関連はない。二首目は山鹿灯籠祭の歌。ともに「火」が素材だが、阿蘇の火を「神の裳裾」、灯籠の火を「寂として神神しい」ととらえた感覚の鋭さ、その冴えと、思索を加えた構築の的確さは、長年師事してきた安永蕗子の薫染によるところと思われる。

今はただ泣くことさへもはばかる霞のごとき師の手を握る

生きて負ふひめごともあれ運命は菜種雨降る橋わたりゆく

〈観音の指〉と小題のある、安永蕗子への哀悼歌一連から。一首目では、存在感はあるが、生命感のない師の指を「霞のごとき」ととらえて、はかなさと喪失感を強調している。謎めいた二首目では、誰しも、死してあらわになる事実を秘めていることを暗示するとともに、著者の人生観が窺える。

木に立ちて木となりてゐる西空の庭師の鋏夕映えを切る

誇り高くひまはりは咲く原発はいまだ終りを告げない国に

多くはないが、集中に肉親・師・歌人を詠んだ歌はあるが、それ以外の他者を詠んでいるのは、冷淡と思えるほどの客観の目で、同じ庭師の立体感に満ちた動きをとらえた二首のみ。他者を詠まないことで、作品が情に傾くことなく、緊張感や臨場感を高め、確かな表現となることを知っていると認められる。二首目の社会詠も少ないが、著者の社会認識を知るには、この一首で充分である。

杖つきて這ひつくばりて逢へたるは霧のチブサンの神力なるか

山鹿は、菊池川の支流岩野川が運んだ土が豊饒な土地を形成した。歌集名となった『霧のチブサン』は、岩野川右岸の台地にある六世紀初頭の装飾古墳。著者の古代回顧の拠点であろう。

（「短歌往来」二〇一七年二月号）

『霧のチブサン』
——富田豊子歌集

栗原　寛

彼女の住む熊本県山鹿は「独特の文化に彩られた菊池川流域」、そして「全国的にも知られた装飾古墳を有する街」。古代の息吹が作者の体を通じて歌のなかに息づき、重厚な響きを持った。

天地はや夜闇のなかを一睡の山の端明かる降臨やある
大いなる鳥のごとくに翼垂れゆくは何人われもつづかむ
いくたびの変幻のはて夕つ日が普賢の嶺を割りつつ沈む

神話の世界のおおらかさをも思わせる豊かな広がりが魅力的。「降臨やある」という表現は、この地に住む作者ならではのとらえ方ではないだろうか。「大いなる鳥」「いくたびの変幻」にも、はるかな時空の広がりを感じさせる。作品に現れる自画像や人間像も、その世界のなかに確かに生きている。

おほいなる夢の違へに金婚はひとりやさしく仏具を拭ふ
草の蔓天より垂るる渓谷に千年ひそむ魚のごとをり
灯を消せばひとりの呰縄文の闇の時間の身には流れて
つる薔薇の翳が障子に揺れ出すを旋律として朝を目覚むる

夫との別れののちの時間、ひとりの暮らしが静かな調べでうつし出される歌のかずかずは、特にゆったりと味わいたい。

（「短歌研究」二〇一七年一二月号）

雁帛一葉

岡井　隆

このたびは、お心づかいをいただきまして、海苔をお送り下さいましてまことにありがとうございました。あつくお礼申しあげます。ご承知のような闘病生活の食事に賞味させていただきたく存じます。今後のお歌にも日々の生活にもよき日が続きますことを心より祈念いたします。

2019年9月27日　不尽

富田豊子歌集　　現代短歌文庫第155回配本

2021年３月22日　初版発行

著　者　富　田　豊　子
発行者　田　村　雅　之
発行所　砂　子　屋　書　房
〒101-0047　東京都千代田区内神田3-4-7
電話　03－3256－4708
Fax　03－3256－4707
振替　00130－2－97631
http://www.sunagoya.com

装本・三嶋典東

現代短歌文庫

（　）は解説文の筆者

①三枝浩樹歌集
『朝の歌』全篇

②佐藤通雅歌集（細井剛）
『薄明の谷』全篇

③高野公彦歌集（河野裕子・坂井修一）
『汽水の光』全篇

④三枝昂之歌集（山中智恵子・小高賢）
『水の覇権』全篇

⑤阿木津英歌集（笠原伸夫・岡井隆）
『紫木蓮まで・風舌』全篇

⑥伊藤一彦歌集（塚本邦雄・岩田正）
『瞑鳥記』全篇

⑦小池光歌集（大辻隆弘・川野里子）
『バルサの翼』『廃駅』全篇

⑧石田比呂志歌集（玉城徹・岡井隆他）
『無用の歌』全篇

⑨永田和宏歌集（高安国世・吉川宏志）
『メビウスの地平』全篇

⑩河野裕子歌集（馬場あき子・坪内稔典他）
『森のやうに獣のやうに』『ひるがほ』全篇

⑪大島史洋歌集（田中佳宏・岡井隆）
『藍を走るべし』全篇

⑫雨宮雅子歌集（春日井建・田村雅之他）
『悲神』全篇

⑬稲葉京子歌集（松永伍一・水原紫苑）
『ガラスの檻』全篇

⑭時田則雄歌集（大金義昭・大塚陽子）
『北方論』全篇

⑮蒔田さくら子歌集（後藤直二・中地俊夫）
『森見ゆる窓』全篇

⑯大塚陽子歌集（伊藤一彦・菱川善夫）
『遠花火』『酔芙蓉』全篇

⑰百々登美子歌集（桶谷秀昭・原田禹雄）
『盲目木馬』全篇

⑱岡井隆歌集（加藤治郎・山田富士郎他）
『鵞卵亭』『人生の視える場所』全篇

⑲玉井清弘歌集（小高賢）
『久露』全篇

⑳小高賢歌集（馬場あき子・日高堯子他）
『耳の伝説』『家長』全篇

㉑佐竹彌生歌集（安永蕗子・馬場あき子他）
『天の螢』全篇

㉒太田一郎歌集（いいだもも・佐伯裕子他）
『墳』『蝕』『獵』全篇

現代短歌文庫

（　）は解説文の筆者

㉓春日真木子歌集（北沢郁子・田井安曇他）
『野菜涅槃図』全篇

㉔道浦母都子歌集（大原富枝・岡井隆）
『無援の抒情』『水憂』『ゆうすげ』全篇

㉕山中智恵子歌集（吉本隆明・塚本邦雄他）
『夢之記』全篇

㉖久々湊盈子歌集（小島ゆかり・樋口覚他）
『黒鍵』全篇

㉗藤原龍一郎歌集（小池光・三枝昂之他）
『夢みる頃を過ぎても』『東京哀傷歌』全篇

㉘花山多佳子歌集（永田和宏・小池光他）
『樹の下の椅子』『楕円の実』全篇

㉙佐伯裕子歌集（阿木津英・三枝昂之他）
『未完の手紙』全篇

㉚島田修三歌集（筒井康隆・塚本邦雄他）
『晴朗悲歌集』全篇

㉛河野愛子歌集（近藤芳美・中川佐和子他）
『黒羅』『夜は流れる』『光ある中に』（抄）他

㉜松坂弘歌集（塚本邦雄・由良琢郎他）
『春の雷鳴』全篇

㉝日高堯子歌集（佐伯裕子・玉井清弘他）
『野の扉』全篇

㉞沖ななも歌集（山下雅人・玉城徹他）
『衣裳哲学』『機知の足首』全篇

㉟続・小池光歌集（河野美砂子・小澤正邦）
『日々の思い出』『草の庭』全篇

㊱続・伊藤一彦歌集（築地正子・渡辺松男）
『青の風土記』『海号の歌』全篇

㊲北沢郁子歌集（森山晴美・富小路禎子）
『その人を知らず』を含む十五歌集抄

㊳栗木京子歌集（馬場あき子・永田和宏他）
『水惑星』『中庭』全篇

㊴外塚喬歌集（吉野昌夫・今井恵子他）
『喬木』全篇

㊵今野寿美歌集（藤井貞和・久々湊盈子他）
『世紀末の桃』全篇

㊶来嶋靖生歌集（篠弘・志垣澄幸他）
『笛』『雷』全篇

㊷三井修歌集（池田はるみ・沢口芙美他）
『砂の詩学』全篇

㊸田井安曇歌集（清水房雄・村永大和他）
『木や旗や魚らの夜に歌った歌』全篇

㊹森山晴美歌集（島田修二・水野昌雄他）
『グレコの唄』全篇

現代短歌文庫

（　）は解説文の筆者

㊺上野久雄歌集（吉川宏志・山田富士郎他）
『夕鮎』抄、『バラ園と鼻』抄他

㊻山本かね子歌集（蒔田さくら子・久々湊盈子他）
『ものどらま』を含む九歌集抄

㊼松平盟子歌集（米川千嘉子・坪内稔典他）
『青夜』『シュガー』全篇

㊽大辻隆弘歌集（小林久美子・中山明他）
『水廊』『抱擁韻』全篇

㊾秋山佐和子歌集（外塚喬・一ノ関忠人他）
『羊皮紙の花』全篇

㊿西勝洋一歌集（藤原龍一郎・大塚陽子他）
『コクトーの声』全篇

(51)青井史歌集（小高賢・玉井清弘他）
『月の食卓』全篇

(52)加藤治郎歌集（永田和宏・米川千嘉子他）
『昏睡のパラダイス』『ハレアカラ』全篇

(53)秋葉四郎歌集（今西幹一・香川哲三）
『極光—オーロラ』全篇

(54)奥村晃作歌集（穂村弘・小池光他）
『鴇色の足』全篇

(55)春日井建歌集（佐佐木幸綱・浅井愼平他）
『友の書』全篇

(56)小中英之歌集（岡井隆・山中智恵子他）
『わがからんどりえ』『翼鏡』全篇

(57)山田富士郎歌集（島田幸典・小池光他）
『アビー・ロードを夢みて』『羚羊譚』全篇

(58)続・永田和宏歌集（岡井隆・河野裕子他）
『華氏』『饗庭』全篇

(59)坂井修一歌集（伊藤一彦・谷岡亜紀他）
『群青層』『スピリチュアル』全篇

(60)尾崎左永子歌集（伊藤一彦・栗木京子他）
『彩紅帖』全篇『さるびあ街』（抄）他

(61)続・尾崎左永子歌集（篠弘・大辻隆弘他）
『春雪ふたたび』『星座空間』全篇

(62)続・花山多佳子歌集（なみの亜子）
『草舟』『空合』全篇

(63)山埜井喜美枝歌集（菱川善夫・花山多佳子他）
『はらりさん』全篇

(64)久我田鶴子歌集（高野公彦・小守有里他）
『転生前夜』全篇

(65)続々・小池光歌集
『時のめぐりに』『滴滴集』全篇

(66)田谷鋭歌集（安立スハル・宮英子他）
『水晶の座』全篇

現代短歌文庫

（　）は解説文の筆者

現代短歌文庫

（　）は解説文の筆者

89 田村広志歌集（渡辺幸一・前登志夫他）
『島山』全篇

90 入野早代子歌集（春日井建・栗木京子他）
『花凪』全篇

91 米川千嘉子歌集（日高堯子・川野里子他）
『夏空の櫂』『一夏』全篇

92 続・米川千嘉子歌集（栗木京子・馬場あき子他）
『たましひに着る服なくて』『一葉の井戸』全篇

93 桑原正紀歌集（吉川宏志・木畑紀子他）
『妻へ。千年待たむ』全篇

94 稲葉峯子歌集（岡井隆・美濃和哥他）
『杉並まで』全篇

95 松平修文歌集（小池光・加藤英彦他）
『水村』全篇

96 米口實歌集（大辻隆弘・中津昌子他）
『ソシュールの春』全篇

97 落合けい子歌集（栗木京子・香川ヒサ他）
『じゃがいもの歌』全篇

98 上村典子歌集（武川忠一・小池光他）
『草上のカヌー』全篇

99 三井ゆき歌集（山田富士郎・遠山景一他）
『能登往還』全篇

100 佐佐木幸綱歌集（伊藤一彦・谷岡亜紀他）
『アニマ』全篇

101 西村美佐子歌集（坂野信彦・黒瀬珂瀾他）
『猫の舌』全篇

102 綾部光芳歌集（小池光・大西民子他）
『水晶の馬』『希望園』全篇

103 金子貞雄歌集（津川洋三・大河原惇行他）
『邑城の歌が聞こえる』全篇

104 続・藤原龍一郎歌集（栗木京子・香川ヒサ他）
『嘆きの花園』『19××』全篇

105 遠役らく子歌集（中野菊夫・水野昌雄他）
『白馬』全篇

106 小黒世茂歌集（山中智恵子・古橋信孝他）
『猿女』全篇

107 光本恵子歌集（疋田和男・水野昌雄）
『薄氷』全篇

108 雁部貞夫歌集（堺桜子・本多稜）
『崑崙行』抄

109 中根誠歌集（来嶋靖生・大島史洋雄他）
『境界』全篇

110 小島ゆかり歌集（山下雅人・坂井修一他）
『希望』全篇

現代短歌文庫

（　）は解説文の筆者

111 木村雅子歌集（来嶋靖生・小島ゆかり他）
『星のかけら』全篇

112 藤井常世歌集（菱川善夫・森山晴美他）
『氷の貌』全篇

113 続々・河野裕子歌集
『季の栞』『庭』全篇

114 大野道夫歌集（佐佐木幸綱・田中綾他）
『春吾秋蟬』全篇

115 池田はるみ歌集（岡井隆・林和清他）
『妣が国大阪』全篇

116 続・三井修歌集（中津昌子・柳宣宏他）
『風紋の島』全篇

117 王紅花歌集（福島泰樹・加藤英彦他）
『夏暦』全篇

118 春日いづみ歌集（三枝昂之・栗木京子他）
『アダムの肌色』全篇

119 桜井登世子歌集（小高賢・小池光他）
『夏の落葉』全篇

120 小見山輝歌集（山田富士郎・渡辺護他）
『春傷歌』全篇

121 源陽子歌集（小池光・黒木三千代他）
『透過光線』全篇

122 中野昭子歌集（花山多佳子・香川ヒサ他）
『草の海』全篇

123 有沢螢歌集（小池光・斉藤斎藤他）
『ありすの杜へ』全篇

124 森岡貞香歌集
『白蛾』『珊瑚數珠』『百乳文』全篇

125 桜川冴子歌集（小島ゆかり・栗木京子他）
『月人壮子』全篇

126 柴田典昭歌集（小笠原和幸・井野佐登他）
『樹下逍遙』全篇

127 続・森岡貞香歌集
『黛樹』『夏至』『敷妙』全篇

128 角倉羊子歌集（小池光・小島ゆかり）
『テレマンの笛』全篇

129 前川佐重郎歌集（喜多弘樹・松平修文他）
『彗星紀』全篇

130 続・坂井修一歌集（栗木京子・内藤明他）
『ラビュリントスの日々』『ジャックの種子』全篇

131 新選・小池光歌集
『静物』『山鳩集』全篇

132 尾崎まゆみ歌集（馬場あき子・岡井隆他）
『微熱海域』『真珠鎖骨』全篇

現代短歌文庫

（　）は解説文の筆者

現代短歌文庫

（　）は解説文の筆者

（以下続刊）

水原紫苑歌集　　篠弘歌集

馬場あき子歌集　　黒木三千代歌集